寻找桃花源

中国重要农业遗产地之旅丛书

敖汉『粟』源

苑利◎主编
朱佳　顾军◎著

北京出版集团公司
北京美术摄影出版社

图书在版编目（CIP）数据

敖汉“粟”源 / 朱佳，顾军著. — 北京 ：北京美术摄影出版社，2018.8
（寻找桃花源 ：中国重要农业遗产地之旅丛书 / 苑利主编）
ISBN 978-7-5592-0060-0

Ⅰ. ①敖… Ⅱ. ①朱… ②顾… Ⅲ. ①故事—作品集—中国—当代 Ⅳ. ①I247.81

中国版本图书馆CIP数据核字(2017)第282902号

总 策 划：李清霞
责任编辑：董维东
特约编辑：康 晨
责任印制：彭军芳
责任校对：韩 莹

尚書堂·叫獸
BOOK DESIGN
13261351222

寻找桃花源 中国重要农业遗产地之旅丛书

敖汉“粟”源

AOHAN “SU” YUAN

苑 利 主编

朱 佳 顾 军 著

出 版 北京出版集团公司
北京美术摄影出版社
地 址 北京北三环中路6号
邮 编 100120
网 址 www.bph.com.cn
总发行 北京出版集团公司
发 行 京版北美（北京）文化艺术传媒有限公司
经 销 新华书店
印 刷 北京启航东方印刷有限公司
版印次 2018年8月第1版第1次印刷
开 本 787毫米×1092毫米 1/16
印 张 21.75
字 数 313千字
书 号 ISBN 978-7-5592-0060-0
定 价 88.00元
如有印装质量问题，由本社负责调换
质量监督电话 010-58572393

中国农业历史学会推荐丛书

中国重要农业文化遗产专家委员会推荐丛书

全球重要农业文化遗产专家委员会推荐丛书

目 录
CONTENTS

主编寄语

……

如果有人问我，在浩瀚的书海中，哪部作品对我的影响最大，我的答案一定是《桃花源记》。但真正的桃花源又在哪里？没人说得清。但即使如此，每次下乡，每遇美景，我都会情不自禁地问自己，这里是否就是陶翁笔下的桃花源呢？说实话，桃花源真的与我如影随形了大半生。

说来应该是幸运，自从2005年我开始从事农业文化遗产研究后，深入乡野便成了我生命中的一部分。而各遗产地的美景——无论是红河的梯田、兴化的垛田、普洱的茶山，还是佳县的古枣园，无一不惊艳到我和同人。当然，令我们吃惊的不仅仅是这些地方的美景，也包括这些地方传奇的历史，奇特的风俗，还有那些不可思议的传统农耕智慧与经验。每每这时，我就特别想用笔把它们记录下来，让朋友告诉朋友，让大家告诉大家。

机会来了。2012年，中国著名农学家曹幸穗先生找到我，说即将上任的滕久明理事长，希望我能加入到中国农业历史学会这个团队中来，帮助学会做好农业文化遗产的宣传普及工作。而我想到的第一套方案，便是主编一套名唤"寻找桃花源：中国重要农业遗产地之旅丛书"的书，把中国的农业文化遗产介绍给更多的人，因为那个时候，了解农业文化遗产的人并不多。我把我的想法告诉了中国重要农业文化遗产保护工作的领路人李文华院士，没想到这件事得到了李院士的积极回应，只是他的助手闵庆文先生还是有些担心——"我正编一套丛书，我们会不会重复啊？"我笑了。我坚信文科生与理科生是生活在两个世界里的"动物"，让我们拿出一样的东西，恐怕比登天还难。

其实，这套丛书我已经构思许久。我想我主编的应该是这样一套书——拿到手，会让人爱不释手；读起来，会让人赏心悦目；掩卷后，会令人回味无穷。那么，怎样才能达到这个效果呢？按我的设计，这套丛书在体例上应该是典型的田野手记体。我要求我的每一位作者，都要以背包客的身份，深入乡间，走进田野，通过他们的所见、所闻、所感，把一个个湮没在岁月之下的历史人物钩沉出来，将一个个生动有趣的乡村生活片段记录下来，将一个个传统农耕生产知识书写下来。同时，为了尽可能地使读者如身临其境，增强代入感，突显田野手记体的特色，我要求作者们的叙述语言尽可能地接地气，保留当地农民的叙述方式，不避讳俗语和口头语的语言特色。当然，作为行家，我们还会要求作者们通过他们擅长的考证，从一个个看似貌不惊人的历史片段、农耕经验中，将一个个大大的道理挖掘出来。这时你也许会惊呼，那些脸上长满皱纹的农民老伯在田地里的一个什么随便的举动，居然会有那么高深的大道理……

有人也许会说，您说的农业文化遗产不就是面朝黄土背朝天的传统农耕生产方式吗？在机械化已经取代人力的今天，去保护那些落后的农业文化遗产到底意义何在？在这里我想明确地告诉大家，保护农业文化遗产，并不是保护“落后”，而是保护近万年来中国农民所创造并积累下来的各种优秀的农耕文明。挖掘、保护、传承、利用这些农业文化遗产，不仅可以使我们更加深入地了解我们祖先的农耕智慧与农耕经验，同时，还可以利用这些传统的智慧与经验，补现代农业之短，从而确保中国当代农业的可持续发展。这正是中国农业历史学会、中国重要农业文化遗产专家委员会极力推荐，北京出版集团倾情奉献出版这套丛书的真正原因。

苑 利

2018年7月1日 于北京

序言

2015年10月末，第三次赴敖汉旗调查旱作农业结束后，我又一次踏上了自赤峰驶回北京的火车。狭窄的中铺上堆放着相机、三脚架等三四个包裹，只好侧身卧在床铺边缘由扶手卡着不至跌落，倍感颠簸。车行过朝阳市后，帘缝儿里灯火渐稀，难眠，却连辗转的余地也没有。摸索着翻出临行前敖汉旗政协文史委员会主任石柏令老师赠送给我们的《敖汉纪程》，借着手机的微光翻阅起来。这是清代人蕴秀于道光二十九年（1849年）被派遣至敖汉吊唁达拉玛济里第郡王期间所写的行程记录与诗文合集，也是有史以来第一本专门记载敖汉山川道里、风土人情的珍贵史料，石老师将它赠予我们是何等的应景。我与蕴秀皆自京师而来，使至敖汉，都经昌平过密云出京北上，先入赤峰再至敖汉，他早春出关，见关内已添新栽杨柳，至塞外却仍是冰天风雪；我深秋远行，看沿途层林尽染，至敖汉已见风舞鹅毛……

然而蕴秀是谁？似乎没什么人知道。中国第一历史档案馆仅有的一条档案史料还是说他因镇压太平天国不力被削去了官职以观后效的[1]。再看仕途与家世相比更是可怜，蕴秀的祖辈虽不至累居要职，在官场却也有一席之地，其曾祖富安明任翰林院笔帖式，祖父富新任刑部员外郎，其父讷尔经额更是嘉庆七年（1802年）壬戌科顺天乡试的解元和嘉庆八年（1803年）癸亥科的翻译进士，官至太子太保、直隶总督，就连其弟衍秀也是道光二十年（1840年）庚子恩科顺天乡试的举人，官至兵部员外郎。而蕴秀呢？自道光十一年（1831年）辛卯恩科考得举人后便屡试不第，最后只得以大员子弟的身份去补侍卫之职。这是何等的落差？愤懑之情只得寄于诗赋万篇。民国大总统徐世昌募人编修的《晚晴簃诗汇》中收录有蕴秀的《夜行》和《听蝉》二首，其中“岭云不放钟声度，唯有松花一路香”和“听罢蝉声风曳去，绿波深处夕阳残”[2]两联表达了作者对年岁日增却始终不得及第的不甘。

蕴秀的诗始终是有怨气的，行至老哈河遇暴雪阻塞河口的时候，他作诗自诩“壮怀空负济川才”，说明其内心深处对于持节拥旄、雍容出使敖汉是引以为恩荣和机遇的。毕竟敖汉虽然远在内蒙古东部，地远偏僻、气候恶劣，却在清朝初入中原时出兵协助清剿吴三桂，征讨噶尔丹，是清朝维系统治的基石，故而前去吊唁敖汉郡王意义非常。纵然路途艰险他也甘之如饴，希望将此作为毕生功名加以彰显，因而归来抵园后他曾作诗云“歌罢皇华出使回，自欣小草倚云裁。新诗一卷归鞍载，曾向冰天琢句来[3]”，又请翁心存（翁同龢之父）、曾国藩等朝廷大员、文人墨客为此书撰序题字。

《敖汉纪程》览罢，满眼酸涩，又忆起这次初到敖汉，10月飞雪，站在鸿金城宾馆的落地窗前静看鹅毛飞絮却担忧得久久不能入眠，深恐明早冰封冻土耽误了行程。困境相同，但我与蕴秀的心境却终究是不同的，蕴秀可以将胸中意气一气呵出，而我眼里却要入得进整个敖汉的广袤田野，心中要装得下敖汉8000年的灿烂文明，脑内要洞悉敖汉传统农耕技艺里的智慧，再细细讲给他人听，他于敖汉是个过客，而我得像个归人！这太难了。

毕竟敖汉不闻于世已经很久了。从中原文明兴盛开始，便再也没有人来为它书写壮丽史诗。然而它终究太不平凡，终于随着8000年粟种的发掘而石破天惊，随后接连爆出了粟作农业之源、华夏第一村、中华祖神、中华祖龙等惊天发现来证实其地位：论历史，它孕育距今9000余年的小河西文化，身后还尾随着兴隆洼、赵宝沟、红山、小河沿等文化，西辽河流域辉煌的史前文化中有4个都因在敖汉境内首次被发现而得名；论农业，河北武安磁山文化出土的碳化粟种晚它500多年，中欧的小米晚它2700余年；论文明，它的境内出土了被誉为中华祖神的神秘塑像，刘国祥先生认为敖汉是整个红山文化的中心，甚至连中华民族的图腾——龙，也可能在此起源……相信每一个了解它的人都会说敖汉无愧于“敖汉”这两个字。当地人说，敖汉在蒙古语中就是“老大”的意思，因为敖汉部的建立者——成吉思汗第十九世孙岱青杜棱乃是家中的长子，如今它又用古老的历史向世人宣示敖汉旱作农业的老大哥地位，任性得可爱又可敬！

敖汉人其实也很“老大”！热情厚道，民风淳朴。推开柴门，无论是张大爷家的沙果，还是罗大爷家的梨，不用你夸栽培得多好临走时都硬塞给你一口袋；炕上盘腿一坐聊得兴起，天南海北不用一会儿就亲如一家。更难能可贵的是敖汉人的文化自觉与奋进的精神。如今世人皆知敖汉旗是全球重要农业文化遗产地，但敖汉申遗的道路却很艰难，具有8000年历史的粟种不被国际认可，就请三家权威机构分别鉴定，敖汉人欣喜又自豪着自己祖先创造出的文明，当时却不知道还可以申报农业遗产这么一回事。可局面一旦打开，就什么也阻止不了敖汉前进的步伐，2012年联合国粮农组织将敖汉旗旱作农业系统列入《全球重要农业文化遗产保护名录》更为敖汉敲开了一扇新的大门，引来了世界的聚焦，紧接着敖汉的文化、经济都乘着这股东风扬帆起航了。

但敖汉人仍不满足，正如敖汉旗农业文化遗产保护与开发局局长徐峰先生所说的，“敖汉的农业文化是祖先智慧的凝聚也是当代敖汉经济发展的推进力，但农业文化遗产保护的路还很长，保护不能局限于宣传，更重要的是培养有知识、有文化、乐于保护祖先智慧精华的新式农民。”老一代勤劳忠厚，新一代振奋精神，这就是敖汉。

三次调查方休，四次调查正在酝酿，漫漫旅途中，我也忍不住学学老前辈蕴秀琢两句酸诗明志：“愿呈两载春光奉，借得佳句坠鞍还。”

朱　佳

2016年10月于返京途中

注释

[1] 中国第一历史档案馆编：《清政府镇压太平天国档案史料第十二册》，社会科学文献出版社，1994年，第418页：咸丰四年（1854年）二月初四日（剿捕档）“总兵经文岱、侍卫蕴秀于贼匪西窜未能堵御，均难辞罪。经文岱业已摘去顶戴，蕴秀著一并摘去顶戴，俱著暂行革职，仍留军营交僧格林沁、胜保等差委，以观后效”。

[2] [民国]徐世昌招募编修：《晚晴簃诗汇》，中华书局，1990年，第6628页。

[3] [清]蕴秀著，李俊义、石柏令校注：《敖汉纪程》，内蒙古人民出版社，2013年，第178页。

01 粟作之源

我闻声也忙向前跑去，先望见的却是沟谷对岸的兴隆洼村。遗址因村得名，只是村民并不知道从他们在这里落地生根之日起，祖先就在对面的山坡上守护着他们的辛勤耕耘。而今远远站在遗址的台地上看去，好像从8000年前一路小跑就奔到了今朝，多少有些神奇……

一、大地上的怪圈

记不清从什么时候起，敖汉旗宝国吐乡兴隆洼村的村民在村东南二三里[1]地的山间台地上耕种时，总能见到耕地里每隔不远就会出现一个直径足有1米多的大圆圈，圈内土地呈灰黑色，与铁犁翻出的黄褐色耕土明显不同，好似被火熏过的灶膛一样黢黑，故而被当地村民称为“锅腔地”。1982年入冬的时候，内蒙古考古队和当时的敖汉旗文化馆（现敖汉旗史前文化博物馆）来到这里做文物普查时，敏锐地意识到这些怪圈的非同寻常！果不其然，很快他们就在这片耕地附近发现了一种不同于以往任何已知文化范畴的奇特陶片，于是在1983—1992年先后对这里进行了7次考古发掘，未承想就发掘出了8000年前敖汉先民居住过的村落，这就是著名的“华夏第一村”，也是拉开我们此次敖汉行序幕的第一站！

盛夏的华夏第一村的遗址范围内遍地是苍耳荆棘，每走一步都可以用“跋涉”来形容。如今当年揭露的探方早已回填，考古人员贴心地用砖石在地表勾勒出壕沟和房址的轮廓。于是你可以看到8000年前兴隆洼人住在一个东北至西南最大直径183米，西北至东南最小直径166米的椭圆形的大圈里，当你沿着边界贴着青砖想要用脚去丈量它的范围时，未必会将这1.5~2米宽、不过1米多深的壕沟放在眼里，却应当知晓8000年前先民们用石锄和木棒掘出这么一条保障生命的“大”沟有多么不易。环壕的内侧自西北至东南向排列着11排灰圈，每一个灰圈就是一个半地穴式房址，但走近一看却发现并不是圆的，而是圆角方形的，四周不见开口，没有门道，疑似需要用梯子才能出入。这些房址的面积多在50~80平方米不等，但最小的还不足13平方米，而位于聚落中心的最大的一座却达140多平方米。即便是孤例，即便是只有聚落首领才

敖汉旗兴隆洼遗址附近沟谷中散落的陶片（朱佳摄）

能居住，或只是先民们举行公众议事和原始宗教活动的场所，8000 年前就能修建这样规模的房屋也足够令人惊叹的。考古人员为每一座有特殊物品出土的房址都插上了木牌做标志，我静静地蹲在地上细细看来，“人猪合葬”几个字首先映入眼帘。兴隆洼聚落的房址中有一种奇特的现象，就是有一小部分内部有墓葬。据考古学家推测，极有可能是有特殊权威的人才有资格埋在室内。这位与一公一母两头猪一同仰面葬在 118 号墓内的男性，可能就是这样一位神秘人物。出土“蚌裙”的房址就在不远处，当然出土时也不过是数百个带孔的蚌壳堆在一起，但这确实是迄今为止我国所发现的最早、最完整的服饰实物。1986 年这里还曾出土过一支七音骨笛，由此可见早在 8000 年前，敖汉的先民就已经认识和掌握了乐器的制作技术。

这究竟是一种怎样的生存状况呢？整日从半地穴式房屋中爬进爬出的先民看似落后，却又拥有着先进的乐律和独特的审美装饰。这么想着，

华夏第一村聚落环壕（朱佳摄）

仿佛耳畔就真听到了那悦耳的笛音……

“快看！好大一块陶片，好像是个口沿！”遥远的回想忽然被同学的呼喊声惊醒，一下飞越 8000 年的时光令我不禁有些眩晕。举目望去四周仍是荒山烈日，一同前来考察的同学们早已下到了谷底，一个个专心致志地寻找起了被雨水冲下去的陶器碎片。我闻声也忙向前跑去，先望见的却是沟谷对岸的兴隆洼村。遗址因村得名，只是村民并不知道从他们在这里落地生根之日起，祖先就在对面的山坡上守护着他们的辛勤耕耘。而今远远站在遗址的台地上看去，好像从 8000 年前一路小跑就奔到了今朝，多少有些神奇。

二、穿越 8000 年的人工粟种

那么新的问题产生了！早在 8000 年前的兴隆洼文化时期，农业诞生了吗？

据推测是有这种可能的。首先来说，距今 7000 多年的磁山文化已经发现了碳化粟。这不可能是突然出现的，得有一定的驯化过程。所以考古学家们推测农业的大致起源时间应该在距今 10000~8000 年，而且考古发现已经证实了世界上几种重要谷物栽培，比如小麦、大麦、稻谷的起源都在距今 10000~8000 年，那粟和黍应该也不例外。兴隆洼文化正好是距今 8000 年左右，时间上合适。其次，敖汉所在的西辽河地区本来就是北方旱作农业区，粟黍的野生祖本是狗尾草，这在敖汉很常见。考古人员在兴隆洼遗址附近的山坡上也发现了野生禾本植物。随后，考古人员开始对兴隆洼遗址发掘出来的猪骨进行检测，他们发现虽然这些采集到的标本绝大多数都是野猪，但也有极少的个体带有家猪的特征。也就是说这一时期，兴隆洼人已经开始驯化野猪了。而猪的饲养与牛羊不同，需要有剩余的粮食，这个结果虽然微小却足以激励研究人员进一步探索兴隆洼时期的农业发展状况。但没有实物发现就不能成为确证，一切都只能停留在推测的层面，直到 2001 年宝国吐乡兴隆沟遗址开始发掘……

兴隆沟遗址位于兴隆沟村西南 1 千米的坡地上，距华夏第一村不过十几千米。2001—2003 年，在刘国祥先生的主持下，中国社会科学院考古研究所内蒙古工作队开始对该遗址进行发掘。发掘结果表明兴隆沟遗址包含 3 种不同时期的文化：第一地点位于兴隆沟村约 1 千米的坡地上，是兴隆洼文化中期的大型聚落遗存，距今 8000~7500 年；第二地点位于兴隆沟村东北约 0.2 千米的坡地上，是一处红山文化晚期聚落遗址，距今 5300~5000 年；第三地点则是夏家店下层文化居住址，位于兴隆沟村西南约 1.2 千米的坡地上，距今 4000~3500 年。鉴于对兴隆洼文化时期农业问题的关注，这次发掘一开始就制订了周密的计划，并请赵志军教授对遗址中的土样进行浮选，以期获得其中的植物遗存。

浮选法，顾名思义就是利用水的浮力将混迹在土壤中的碳化植物遗存分离开来，植物碳化以后质量比水轻，就会漂浮在水面上，而土和其他杂质则会自然下沉。一般来说，考古人员会在房址、火塘、灰坑、窖穴等性质较为明确的遗迹单位中分别取土作为浮选采样，但兴隆沟一期发掘的遗迹类型较为单一，每座房址的面积又相对较大，故而值得将发掘面积划分成若干个 1 米见方的网格分区取土，共获得 1200 多份土样。土样晾干后打散才能撒入浮选机的水槽中进行分离。虽然大家都有期待，但也未承想泥土沉淀后真的出现了10多颗碳化粟种和1500粒碳化黍种。为了进一步断定年代，这些粟黍碳化颗粒被分别送到了北京大学、加拿大多伦多大学和日本国立民俗历史博物馆等3个碳-14实验室进行年代测定，结果证实了考古工作者的猜测，这些黑黢黢的碳化颗粒确实来自8000年前并且带有明显的人工驯化迹象，植物学研究更表明这10多粒肉眼难辨的小颗粒所携带的基因竟然是当今世界许多小米的先祖！这一结果从而奠定了中国是世界小米发源地，敖汉是世界小米原产地的地位。要知道在这以前学术界普遍认为粟应当起源自中原地区，尤其是在河北武安磁山文化发现了距今7000多年的粟遗存以后，人们更愿意相信拥有灿烂文明的中原是粟的诞生地，何况中原才是粟的主要产区。而兴隆沟的这一发现不但年代早于磁山，可靠性也更大。因为磁山文化的粟已经完全碳化，只能通过分析其中的植硅石判定这是粟而已。

在敖汉旗史前文化博物馆馆长田彦国先生的电脑里，我们看到了两组兴隆沟第一地点、第三地点浮选出的粟黍碳化颗粒与现今敖汉种植的粟黍籽实对比图，使我们用肉眼就可以看出它们的驯化过程："8000年前粟黍颗粒虽然较野生粟黍种圆润了很多，但是比4000年前的就长一点，4000年前的和现在的比起来，现在的又更圆润。"田馆长为我们讲解道。"一个兴隆沟，就解释清了粟黍的驯化过程，不能不令人惊叹。"我颇为感慨地说。

"令人惊叹的还在后面呢！"田馆长笑着说，"驯化是个过程！你看兴隆洼文化的粟黍种已经变得比较圆润了，赵教授他们测量过兴隆洼时期的黍长宽比在1.35左右，而夏家店的只有1.09了，这个进化过程用了足足4000年的时间，那从野生粟黍驯化成兴隆洼时期的又用了多

兴隆沟秋色（朱佳摄）

兴隆沟底（朱佳摄）

少年？前些年我们在千斤营子等地发现了比兴隆洼文化更早的小河西文化，碳 -14 测定在距今 10000 年左右，我们有理由相信如果对这一文化进行大规模的浮选，一定会有所发现。这也是我们下一步工作的重点。”

兴隆洼文化石锄，现藏于敖汉旗史前文化博物馆（朱佳摄）

三、被迫开启的农业之门

必须要泼一瓢凉水降温的是，“粟黍的驯化不等于农业社会已经诞生。从采集渔猎到农业经济占主体地位也是一个过程！”必须要指出的是，兴隆沟遗址第一地点所浮选出的黍种只占出土植物种子的 15%，粟种更是只有 10 多粒，其余多为胡桃楸等野生植物果实，这说明兴隆洼人的主食部分可能主要依靠采集，农业种植还远远达不到作为主导经济的地位。那么肉食呢？开篇也说到，兴隆洼遗址出土了大量的野猪骨骼，仅有个别存在驯化的迹象；此外，遗址内发现的野鹿的骨骼也非常丰富，再结合蚌裙和大量蚌饰来看，兴隆洼文化的经济形态恐怕当以采集渔猎为主。

兴隆洼文化石磨盘、石磨棒，现藏于敖汉旗史前文化博物馆（朱佳摄）

那么，兴隆洼文化时期的农业究竟发展到何种地步呢？从出土的大量石锄看来，应已告别了刀耕火种，进入了锄耕农业的阶段。但这并不意味着先民们的生产技术有多先进，因为直到 3000 年后的夏家店上层文化时期，先民们的居址才发现了反复

兴隆洼文化筒形罐（敞口），现藏于敖汉旗史前文化博物馆（朱佳摄）

兴隆洼文化筒形罐（敛口），现藏于敖汉旗史前文化博物馆（朱佳摄）

居住的痕迹，也就是说在这之前虽然定居，迁徙却是常态。而迁徙很有可能和地力耗尽，需要换耕有关。何况还有学者指出，兴隆洼文化出土的石锄可以分为大、中、小3类，大型的不适用于农业，应当是修建房址和挖壕沟用的。另外，石磨盘、石磨棒虽然也大量出土，却并不能证明是专门用于加工农作物的工具，野生植物的籽实也可以用它碾轧。更重要的是，兴隆洼文化始终没有发现用于收割的工具。而大量的压制细石器，主要是小石片和石叶，这类小物件通常都是嵌入骨柄凹槽中作为刃而使用的复合工具，当属渔猎工具。《兴隆洼与赵宝沟遗址出土细石叶的微痕研究》一文中也通过微痕，分析断定兴隆洼时期出土的细石器没有切割过谷物根茎的痕迹，而赵宝沟时期就不同了。

出土陶器也可以作为这一点的佐证。一般认为，陶器的诞生与饮食方式直接相关，因为需要陶器耐高温烧制，不然用石器、编织器即可存储。我们都知道，古人用鬲煮饭，用鼎煮肉，兴隆洼文化时期的主要器型却是直腹的筒形罐，敛口的陶器和钵都少见。这些筒形罐大致可以分为三大类：第一类位于窖穴旁，胎质厚，高度在25厘米以上，疑似储藏器；第二类位于灶坑旁，相比第一类较小，疑似炊煮器；还有一类稍微有些肚，更小，疑似储水器具。就形制而言，这类直筒罐用于炊煮，煮肉、煮饭皆可，并没有明显分化，也可以说明当时的农

敖汉旗沟谷纵横的地貌与生态脆弱性（朱佳摄）

业不占主要地位。兴隆洼文化时期的农业应当如田馆长所说的，“正处在起步阶段”。

那么又是什么原因，促使敖汉这片贫瘠的土地上早在 8000 年前就叩开了通往农业文明的大门的呢？长久以来，我们探求农业的发展都在寻求着良好的环境条件，然而赵志军教授却将之归因为西辽河地区的生态脆弱性。的确，没有人的主观参与，再好的自然环境也不可能诞生出农业；相反，良好的环境意味着丰富的采集渔猎资源，在食物资源充足的情况下很难想象先民们会主动去发展农业生产。《新语·道基》说：“至于神农，以为行虫走兽难以养民，乃求可食之物，尝百草之实。”回首再看敖汉旗政府的所在地——新惠如同一条分界线，向南走山路绵延进入低山丘陵地带，向北走则渐入沙地。敖汉的先民很有可能正是在这种脆弱的生态环境的逼迫下，无可奈何地叩开了农业的大门！

注释

[1] 1里等于500米。

华夏第一村聚落内房址（朱佳摄）

02 中华祖神

他不知道老人家是自己害病害死的，还是他非要挖这陶片遭了报应，就再也没敢碰过扔在柜子上的那块陶片。那时他根本不知道，敖汉旗史前文化博物馆的几位工作人员找这块陶片找得有多心急……

一、65块碎陶片

2012年初春的一天清晨，兴隆沟村村民王青龙、王青虎两兄弟一大早就扛了镐头和铁锹，打算到自家田边埋个拴驴的桩子，山间的旱作农业耕种运输、推碾、拉磨都少不了毛驴的协助。不想才挖了几铲子就听见了清脆的响声，像是碰到了什么硬物。敖汉遍地是宝，据考古工作者统计，大概发现了4000多处遗址，史前的石器、陶片，辽代的箭镞、碗罐，翻地时碰见真是见怪不怪了。两兄弟虽然心智有些不健全却也多少有过耳闻，以为挖到了什么宝贝，刨出一看却很是莫名其妙，他们不晓得这块带着弧度的陶器残片到底是什么玩意儿。青虎想要挖个究竟，不想哥哥青龙胆子小，担心挖出来什么不祥之物，拔腿就往家跑。"跑、跑就跑……吧！还……还跟我妈告、告状！我妈就、就骂、骂我，不……让挖。怕、怕万一啥宝贝，再挖就弄、弄坏了，遭报应、报应。我……说我不挖，那、那不也坏了吗？"青虎磕磕巴巴地向我们抱怨这事儿当哥哥的做得太不厚道，但其实他自己也心里发虚，正犹豫着要不要继续挖下去，不想当天老父亲就生病闹了肚子。青虎怕这其中有什么联系，只好消停下来，可是没过几天久病卧床的老母亲就咽气了，紧接着老父亲也故去了。青虎说："这事儿、这事儿吓死我了！"他不知道老人家是自己害病害死的，还是他非要挖这陶片遭了报应，就再也没敢碰过扔在柜子上的那块陶片。那时他根本不知道，敖汉旗史前文化博物馆的几位工作人员找这块陶片找得有多心急。

兴隆沟距旗政府所在地新惠足有130多千米，告别了青虎我们返回旗里，天已擦黑，可田彦国馆长还是热情地接待了我们，并耐心为我们讲解了敖汉的史前文化。在讲到红山文化的时候，我顺口说起了在兴隆沟巧遇青虎的事儿，田馆长惊讶道："你们竟然听懂他说啥了？"我笑

中华祖神（敖汉旗史前文化博物馆提供）

笑说：“万幸出来采访录音笔都随身带着呢，回来的路上反复听了好几遍才大概厘清了是怎么一回事。原本听村民说他兄弟俩心智不全，话都说不清楚，还犹豫要不要去采访他俩呢。哪想看完遗址从山坡上下来，正好碰见青虎，逮着我们就说起了他发现陶片的故事。那咱们这边是怎么知道他那儿有陶片的呢？”

“原本不知道！碎得厉害，我们拼接以后发现少了一块连接部位的残片，所以这块很重要。哎，这事儿说起来也真是有意思，我得给你们从头讲起才明白。”田馆长道。

“我记得是2012年5月23日那天，我们馆的王泽在兴隆沟第二地点搞中华文明探源工程红山聚落形态测绘的时候，就发现了一块形态特别奇怪的陶片……”

前文我们说到过，兴隆沟遗址分为3个地点，第二地点是距今5300～5000年的红山文化聚落遗址，位于兴隆沟东北的坡地上，当地人称之为东梁。只是时过境迁，王泽老师去测绘的时候那里早已成了一片农田。当天他即将完成最后一个测绘点的时候，忽然发现土里有类似陶片的物件，就刨了出来。细看之下大为惊奇，因为这块残片太怪异了！后来有幸遇到王泽老师，他也对我们说：“当时一看就觉得与以往在兴隆沟发现的陶罐残片不一样，像是筒形器上的。红山文化的祭坛遗址常见一种红底彩绘的筒形器，上下通透，一般围着祭坛摆。我当时以为发现了祭坛，那这块儿就不是单纯的聚落遗址了。我激动得立刻就去扒垄背，结果竟然扒出来了一块人脸形的残片，真是有鼻子有眼的。这意义就更大了！你知道牛河梁之前出土的那个人面像被尊为红山女神。这会不会也是个啥神！”回忆起当时的场景，王老师至今还有些激动，“我立马就开车回馆里，找田馆长一块参详。”

田馆长说，他一看也不由得倒吸了一口凉气，十分赞同这可能是神像的说法。同时还发现这块陶片的断茬儿很新，可能是开春翻地时被犁铧碰碎的，那么一旦庄稼长起来就再也无法寻找了。两人当下顾不上吃饭，就重返兴隆沟继续寻找，然而好事多磨，直到第二日傍晚他们才在地里发现了半截类似手臂的残片。但这个线索也足够让他们兴奋，因为此前从未在红山文化中发现过整身人塑。紧接着他们又在那里进行了第三次搜索，发现了包括腿脚在内的百十余枚残片，但是也有很多其他陶片混在其中。又经过了三四天的筛选，才从中挑出了整整60块疑似残片进行拼接。

这实在不是个容易的工作，因为陶像复杂，之前又没有先例，工作人员根本不知道会拼出什么形态。然而，拼接的结果却再一次令人震惊了！陶人虽然仍残缺前额、左臂、后腰等部分，但是大体形态已经显露，尤其是面部颧骨高耸、二目圆睁、嘴唇前突，相较牛河梁女神像的庄严肃穆和红山石人头像面目轮廓不清，略有几分憨态。这尊陶人神态奇特却又如此写实的创作风格，不要说红山、敖汉，就算是遍寻整个国内史前文化也没有制作技艺如此高超的，简直堪称史前艺术的巅峰之作！

为了尽可能复原陶人的全貌，考古队一边以陶人残片的发现地为中心进行发掘，一边在村内打听陶人的下落，不但找到青虎手中的陶人的左肩，还在发掘中发现了存放陶人的房址，陶人的前额和3块手臂残片就藏在房址内静待后人前来寻宝。就这样，经过历时43天的艰苦搜寻，65块陶人残片终于搜集完成。虽然整体还有残缺，但青虎手中的陶人左肩对拼接陶人手臂的姿势起到了至关重要的作用。

二、它是谁?

在位于敖汉旗史前文化博物馆三层的红山文化展中，我们见到了修复后的陶人。它通高不过55厘米，却被安置在高台展柜之上，背光和布景处理得极好，宛若黑夜中一位敖汉先祖盘腿坐在篝火旁，怪目圆睁，青筋毕露，两片嘴唇凸起呈一个圆形，身姿也奇怪，交叠在腹部的双手不似放着倒像是较着劲儿，以至于双肩耸立，从脖颈都能看出绷着劲儿的僵硬感。

它是谁？在做什么？我想每个看到这种怪异姿态的人都会忍不住想问。

兴隆洼文化玉玦（朱佳摄）

“我们叫它中华祖神！”田馆长回答说。

“祖神？因为它是男性的缘故吗？区别牛河梁的女神？”

“也不完全是这样。事实上到现在还有关于陶人性别的争论呢，我们现在看到它，包括面部的轮廓、身形等第一感觉就是男性，但是有人认为它双手交叠的坐姿像是妇女的坐姿，男性应该双手分开放在两膝上。但是这毕竟是史前的东北地区，是不是能用中原文化的标准来衡量值得商榷。况且我们细看就知道它这个姿势其实是在较劲儿，如果是自然的坐姿应该很放松，不会耸着肩、梗着脖子，所以它应该还是男性。那么这个‘祖’，除了说早还是指祖先崇拜。”

“您是说这尊陶人类似于商人的先公先王崇拜？”我忽然记起，小米大会上，有学者通过服饰研究、玉饰研究，认为红山文化和商文化存在着传承关系。我以前有段时间对商文化很是着迷，知道商代人是崇拜先公先王的，也知道“商”字的甲骨文写法就像是在祭台上供奉祖先，商人的神就是已故的先公先王，通过祭祀请求他们的庇护，所以急忙接过话头。

“差不多是这个意思，”田馆长点头说，“你看它的形象多么写实！从做法上看它和牛河梁女神像有很多相近的地方，比如说眼珠都是做好眼眶以后贴塑的，只不过女神是镶嵌了玉石，而陶人眼睛涂黑了，眉毛也涂黑了，这说明它们确实是一种文化，当然还有其他证据。但是女神什么神态呢？威严肃穆，而陶人不一样，是活灵活现的，说明它很可能在现实中有原型存在。我们馆曾经复原了一尊陶人，就放在祖神庙里展现它的出土位置，但神情模仿不来！”

“也就是说，陶人的原型就是红山文化时候的先公先王？兴隆洼文化的居室墓里倒是很早就出现了祖先崇拜的迹象。”我插话道。

“对。陶人也出土在房址内，里面还有生活器皿的残片。但是怎么说它是王呢？你先看它头上戴的，像不像个冠？这冠上还有梁在中心，前额这块儿还有个方块，像不像后世的帽正？史前聚落，中心是大房子，是首领居住或者公众议事的地方，说明古人以中为尊。它戴这个冠地位肯定不一般，再说你看它有耳洞，之前咱们说兴隆洼华夏第一村出土过的玉玦是最早的耳环。”

“啊！对对，那个也是高等级的人才能戴的。”我惊呼道。

“对。还有据刘国祥老师也就是咱们考古工作的总指挥推测，兴隆沟这里的红山文化居址很可能是统治阶层生活的区域，而牛河梁女神庙那里则是墓区。”

“红山的聚落其实比较大了，你比如说，魏家窝铺有90000平方米，可能有数千人在那里生活，那儿却没有人偶出现。兴隆沟你们去了， 就那么大一块儿，可位置在牤牛河上游，是红山核心，只能说明那里是贵族才能居住的。”

那么祖神究竟在干什么呢？它的神态如此奇异，刘国祥老师认为它在用“呼麦”的方式与自然沟通、与神交流。呼麦又称喉音唱法，是蒙古族的一种特殊歌唱方式。演唱的时候要像这尊陶人一样上身挺直，收腹提肩，嘴唇凸起呈圆形，才能充分利用胸腔和喉音共鸣发出神秘悠远的声响。红山文化时期，巫是由王充任的，他假借神来统治社会，

祖神庙前（朱佳摄）

那么一旦发生天灾也该由他来率众祈祷。

三、庙前的谷浪

陶人制作时究竟发生了什么灾害？我们不能不往农业上去想。当地人说：“敖汉、敖汉，十年九旱。”敖汉生态环境的脆弱性也为史前这片地域的多灾多难找到了印证。有趣的是专家们还没发话，这里的百姓却仿佛已经默认了祖神可以庇佑这里的农业生产一般！莫说兴隆沟这个只有30多户人家的小自然村，大到附近的大窝铺乃至整个宝国吐乡，都有村民认为自陶人出土以来这一带就风调雨顺的。还有人认为兴隆沟的风水好、温度高，谷子可以比敖汉其他地方早种一个星期。而兴隆沟人则不但乐得别人这样说，自己也认为陶人的出土地是块宝地。据兴隆沟生产队队长宗海玉一家介绍，在兴隆沟庄稼长势最好的一片地就是顺着东梁下来一直到沟里的这2里多地，1亩[1]地比别的地方能多打个四五十斤[2]的粮食。

这不能不说敖汉的先民们很有眼光，选择在这样一处风水宝地居住。只是他们在哪里耕地，至今已经无法考证了，毕竟这里可能是贵族居住过的地方，这里的人未必从事农耕，再结合红山祭坛、女神庙的修建规模来看，这一时期纵然农业未必已经占据主要经济地位，也应该有了充分剩余的粮食能

赵宝沟文化石耜，现藏于敖汉旗史前文化博物馆（朱佳摄）

红山文化石铲，现藏于赤峰市博物馆（朱佳摄）

掐刀子（朱佳摄）

支撑起这么大规模的工程建筑。与之相印证的是，最迟到红山文化晚期也就是陶人烧造的时候，猪作为家畜已经驯化成功了。考古学家甚至认为，正是狩猎经济发达才导致猎物锐减，从而使先民们被迫走上了发展农业并驯化野兽作为肉食补充的道路。

另外，从农业生产工具上也可以看出，红山文化时期的农业较之前的兴隆洼文化（距今8000年左右）和赵宝沟文化（距今7000年左右）时期确实有了相当大的进步。例如掘土工具，兴隆洼文化时期主要是石锄，赵宝沟文化时期石耜出土较多，红山文化时期这种工具则可能开始向犁演化，甚至出现了类似犁铧的三角形石器。也就是说，这一时期的石耜不但可以像铲子一样安上木柄从后往前铲土，还可以在耜上拴绳，一人在前面拉，一人在后持木柄铲，这就很像现在犁的使用方法了。

更值得一提的是，红山文化时期石器出现了长方形和桂叶形的石刀，一侧有刃，背部有一个或两个孔用来拴绳子，使用时将绳子套在手上起固定作用。兴隆沟村民手中至今还有类似这种石刀造型的“掐（当地方言读qiān）刀子”，专门用来割穗。

而今，中华祖神出土的地方已经盖起一座高大的祖神庙，上面用黄色的铝片模拟茅草的样子贴满了整座建筑，坡顶风大吹起来哗哗作响。再一次回到这里的时候，我们学着祖神的样子盘坐在神庙前眺望波动的谷浪，直到天边泛红，夕阳西沉，或许5000多年前，它也曾这样俯视过这片大地……

注释

[1] 1亩约等于666.67平方米。

[2] 1斤等于500克。

祖神庙前俯视图（朱佳摄）

于是一个更有趣的现象就出现了：农业在这里诞生传了出去在清末又回到敖汉，龙从这里传了出去也回到敖汉了，只是走的时候还是巴掌大的一条小玉龙，回来就变成了很大的一尊还封了王，好像游子，赤诚而去，衣锦荣归，这不能不说是一件很有趣的事……

一、龙从何处来

从8000年前到5000年前，从兴隆洼到红山，从聚落到国家初成，我们的行程有点儿太快，似乎缺失了什么。如何打通这段时空断层，也曾一度是考古学家急待解决的问题。幸运的是，1982年发现兴隆洼之后，内蒙古考古队和敖汉旗文化馆的学者们就在高家窝铺附近的赵宝沟发现了一种上承兴隆洼下启红山的新文化类型。经分析，这个文化正好位于兴隆洼和红山文化之间，这无疑为研究史前农业发展和社会形态演变架起了一座沟通3000多年历史时空的桥梁！然而，全世界的目光却首先被几件陶器上的神秘纹饰吸引了！

考古工作者首先在南台地遗址上发现了带有鹿、鸟纹饰的陶器残片，经整理复原共得到5件尊形器、1件高足盘和1个器盖。令人称奇的是，这些鹿、鸟的纹饰都是只有头部写实，身躯已经变形呈蜷曲状并带有鳞状的样式了，还有两件尊形器上可以明显看出蜷曲的身躯是由云雷纹组成的。例如代号为3546F1：3的尊形器，通高28.2厘米，最大腹径34.4厘米，其腹部上所绘的一鹿一鸟纹就都是由云雷纹组成的蜷曲身躯；尊形器3546F1：4腹部所绘的双鹿身躯，也由云雷纹组成。就在考古学界纷纷为这一奇特的发现惊呼不已的时候，距宝国吐乡兴隆洼村东1.3千米的小山遗址又爆出了一个更为重大的发现：那里出土的一件尊形器（F2②：30）上竟然绘制了猪首、鹿首和鸟首3种灵兽的纹饰。其中，猪首灵兽眼睛细长、鼻端上翘、吻部前突、两颗獠牙朝天耸立，野性十足，十分写实，而身子却如蛇身一般蜷曲着，表面饰有鳞纹；鹿首灵兽眼睛呈菱形，头上有长角，前肢有偶蹄；鸟首灵兽圆眼长喙，头上有冠，后皆作展翅高飞状。

看到此处，诸君是否觉得有几分熟稔之感？又可曾想起红山的玉猪

红山猪首龙（敖汉旗史前文化博物馆提供）

龙？想起被尊为“华夏第一龙”的三星塔拉大玉龙？发现大玉龙的翁牛特旗就与敖汉毗邻，大玉龙通体由磨光的墨绿色软玉雕成，长颈细眼，脊背上长鬃飘扬，与赵宝沟的鹿首纹饰何其相似！另外二者的颈部与下颌间还都有一段折弯，大玉龙下颌底部的网格纹也正是赵宝沟文化兽首纹饰中常见的。而现藏于敖汉旗史前文化博物馆的下洼玉猪龙和牛谷吐乡大五家出土的玉猪龙，则皆肥头大耳、二目圆睁、吻部突出带有獠牙，身体则蜷曲成首尾相接的环形，看起来与赵宝沟的猪首兽纹也极为相似。另外，巴林右旗的那斯台遗址还发现了圆眼尖嘴、带有明显尾翼的鸟首玉龙。考古学界为之大为震动，他们认为赵宝沟的兽纹就是中国龙的始祖！

很早以前我们就在思索龙从何处来呢？它的长相如此怪异，猪吻、马脸、鹿角、蛇身，实在令人费解，于是较早的时候人们解释龙的起源时都会说伏羲氏的图腾原本为蛇，后来他每征服一个部族就把他们的图腾截取下一部分组合到蛇的身上，于是蛇就有了鱼鳞、鹿角、虎须、凤爪，并最终演化成了龙。这个传说合理地解释了当今我们见到的龙的外形，在逻辑上很容易使人信服，因为在很长一段时间里人们的大脑中再也没有其他关于龙的形象了。直到红山玉龙现世，但谁又曾问过红山龙从何处来呢？

王逸注《楚辞·天问》“河海应龙，何尽何历”一句时说：“有麟曰蛟龙，有翼曰应龙。”在赵宝沟的三兽纹中，鳞和翼都出现了。

然而先民们为什么要以“猪”“鹿”“鸟”为原型进行抽象创作呢？考古学家认为，这源于古人对于重要的衣食之源的一种感激和敬畏的心理。赵宝沟和红山文化盛行于西辽河、大兴安岭一带，丛林与草原相间，是野猪、鹿、鸟的理想栖息地。据赵宝沟遗址发掘报告载，在赵宝沟遗址中共发掘鹿属骨 485 块，猪骨 138 块。说明猪和鹿很可能是当时最重要的捕猎来源。然而敖汉旗史前文化博物馆的田彦国馆长却认为，猪龙的出现应当与农业的产生发展有着千丝万缕的联系，因为猪是最早的家畜

赵宝沟文化尊形器及其纹饰
（敖汉旗史前文化博物馆提供）

且和史前的祭祀活动也有着很大的关联。他认为鸟龙和猪龙很可能正好代表着渔猎和农耕两种经济形态，农业发展以后猪龙代表农耕文明，而鸟龙代表游牧文明。因为在敖汉还出现了比赵宝沟三兽首更早的猪龙堆塑，这是证明猪是龙的最原始形象的实物证据！

二、猪首配蛇身

据发掘报告显示，考古工作者在兴隆沟遗址第一地点的一座大型的灰坑中，发现了两个野猪头骨，身躯则是用石块和陶片堆成的“S”形龙身[1]，并由此推测该灰坑可能为祭祀坑。兴隆洼文化早赵宝沟文化千余年，这直接说明龙最早的雏形是猪首龙。然而兴隆洼人为什么会崇拜这种猪头龙身的怪物呢？他们又是出于何种目的将猪头和龙身连接在一起的呢？

首先来说说猪头。兴隆洼文化不只出现了猪首龙身的堆塑，猪头骨或猪首形的陶罐也有很多，发现整猪的情况也曾出现过。如1992年在兴隆洼遗址发现的M118居室墓中就有墓主右侧有一公一母两头整猪的案例[2]，值得注意的是这两头猪占据墓底一半的位置且猪骨架与人骨的上半部大体齐平，恐怕并非单纯的陪葬品。况且这座居室墓位于聚落中心位置，房址相对较大，随葬品也相当丰富，墓主应是当时部落成员的崇拜对象或部落首领，这种葬俗应是祭祖活动与祭祀猎物活动合二为一的见证，具有明显的图腾崇拜的意味；而兴隆沟遗址第一地点5号房址（F5）中发现的“前额钻孔”的猪、鹿头骨则将线索又一次指向祭祀和占卜，这些头骨成组排列共有12个猪头骨和3个鹿头骨，其中还有两例带有明显的烧灼痕迹。

事实上，关于猪的驯化原因一直以来都有两种意见，一种是为了吃肉，一种是用作祭品，即是说祭祀有特定的时间和讲究，并不一定是捕猎来就杀死，而是人工喂养一段时间之后再在特殊的时间祭祀，而就是这一段人工喂养的时间使人们摸清了猪的习性并开始驯化的。但不管究竟如何，猪能够脱颖而出，总要考虑到它自身优于当时所见其他动物的因素。

首先来说，猪相较于其他动物比较容易饲养且食性较广；其次，猪的繁殖能力强且生长速度快，每年可产崽儿1~2窝，一窝可产4~10只，而牛每年不过一两头，而史前与猪同样常见的鹿一胎一般也只生1崽儿。另据生物学家研究，野猪在1岁就能达到70千克，家猪则在100千克以上；最后，猪的产肉量也高于牛羊等动物，且古时北方穴居常用猪油涂面以防冻伤，因此猪是一种经济效益特别高的物种。故而无论是出于生殖崇拜还是出于对主要肉食对象的感恩和敬畏，兴隆洼时期的敖汉人崇拜猪都是很有根据的。但从兴隆洼遗址发现的带有钻孔的猪头骨，可见这一时期的猪至少已经上升到作为沟通天地的灵物而被崇拜的地位了。

另外，《左传·昭公二十九年》记载晋国史官蔡墨说：“及有夏孔甲，扰于有帝，帝赐之乘龙，河、汉各二，各有雌雄，孔甲不能食，而未获豢龙氏。有陶唐氏既衰，其后有刘累，学扰龙于豢龙氏，以事孔甲，能饮食之，夏后嘉之，赐氏曰御龙，以更豕韦之后。”这里所说的“豢龙”和“御龙”就是养猪的意思。而豕韦就是室韦，也是同时代的养猪专业户，生活在我国东北地区，如今很多人认为兴隆洼人就是室韦的祖先。我忽然想起司机孙师傅曾跟我们说过敖汉人二月二那天特别讲究吃猪头肉，“龙抬头吃猪头”虽然不清楚有多久的历史了，却也多少能证实在敖汉人心中猪与龙始终有着特殊的联系。

再看龙身。观看宝国吐乡祈雨用猪头祭祀时，我就在想兴隆洼人会不会如我们今天一样用猪头做祭品，而将猪身分食，之后出于畏惧或愧疚的心理给残存的猪头加上抽象的身子呢？然而这个身子未免太过随意。我忽然又想，既然龙头是猪、鹿等其他动物的组合，尾巴为什么不能？

田馆长又一次为我们指出一条线索，那就是兴隆洼M118的墓主双耳佩戴的玉玦被认为是蛇的抽象形态。闻一多在《周易义证类纂》中说，亢龙有悔的亢龙就是直龙，群龙无首的群龙应是蜷龙，龙蜷曲不露首则吉，龙直就凶了。这真是与蛇的特性别无二致，蛇竖起头部就是进攻的态势，当然很危险。

赵宝沟尊形器上的绘画将龙的形象进一步抽象了，使兽首脱离了实物、蛇身简化成了蜷曲的线条，有的明显由云雷纹组成，身体表面还加了鳞纹，俨然被神化成为一个新的意象。而蛇、鳞、云雷都与雨或水相关，古籍中也多认为猪是雷雨之神，性喜水，因此我们很难不将这种形态的变化与农业的发展联系起来。而敖汉的农业在赵宝沟时期也确实取得较大的发展，至少从生产工具上出现了专门用于取土开沟的石耜，《兴隆洼与赵宝沟遗址出土细石叶的微痕研究》一文中还通过微痕分析指出赵宝沟时期出现了用于收割的细石器。尽管一些学者认为赵宝沟文化发现的猪骨残骸经对比更像野猪的骨骼，但既然兴隆洼时期已经出现了驯化的迹象，赵宝沟时期很可能也在此基础上进一步发展。而猪若在这一时期真的与雨相关联，则更加证实了这一点，因为只有开始有意识地饲养猪才可能了解它的生理特性。但我也支持这一时期猪还没有驯化完毕，因为猪首纹饰中獠牙依旧明显。

至于鹿首龙和鸟首龙的出现，我私下觉得这很有可能是抽象成为艺术以后的一种表现手法，毕竟目前为止我们看到的最早的龙是猪首堆塑，却不见鹿首堆塑。而且即便在红山文化之后猪也始终占有特殊的地位，比如牛河梁女神庙中不但出土了泥塑猪龙，位于积石冢中心的女神庙也与一组形似猪首的山遥遥相对。再如，敖汉萨力巴乡城子山夏家店下层祭祀遗址中也有长 9 米多的巨型猪首石雕[3]。

我向田馆长请教猪龙的诞生究竟与祈雨有无关联，田馆长谨慎地说：“从兴隆洼猪头骨上的钻孔来看最早可能还是沟通天地的，目前没直接证据说明和祈雨有关，但是红山文化出土的陶人，我们预测可能和发生大的天灾有关，那玉猪龙如果用于祭祀也是有可能的。但是，我依然得说现在没有直接证据。”

我对田馆长严谨的学术精神感到敬佩，但作为一个对敖汉史前文化感兴趣的非考古学工作者，我还是忍不住突发奇想，去翻了翻有关“龙与雨”的史料，却也有两点收获：

第一是做土龙求雨。汉高诱注《淮南子·地形训》中“磁石上飞，云母采水，土龙致雨，燕雁代飞”一句时说：“汤遭旱，土龙以象龙，云从龙，故致雨也。”而后王充在《论衡·乱龙》篇中也说董仲舒曾“设土龙以招云雨”[4]，不知这种做土龙求雨的方法是否和兴隆洼发现猪龙堆塑有什么联系。

第二是做玉龙求雨。《说文》里说：“珑，祷旱玉，龙声，从玉”，也就是说古人用玉做的龙用于求雨，这是否就是以玉猪龙为原型制作的，或是从玉猪龙诞生开始就被用于求雨？如果红山文化出土的祖神真如刘国祥老师推测的那样是整个红山文化的先王，而那时神权、王权合一，王与巫结合，王自己便可以沟通天地，会不会导致龙神地位下降，成为单一的雨神呢？

至少按《山海经·大荒北经》记载，在蚩尤兴兵伐黄帝的时候，黄帝就可以号令“应龙攻之到冀州之野”了，且应龙可以“蓄水”。《史记·封禅书》中还说黄帝于荆山铸鼎以后有龙，“下迎黄帝，黄帝上骑，群臣后宫从上者七十余人”。

金厂沟梁古洞观（朱佳摄）

山坡的羊群（朱佳摄）

三、龙王把家还

看罢史前来说说今朝，敖汉民间现今所崇拜的龙有两种：

第一种是黑龙或水龙。这一类龙多出现在当地的民间传说中而少见实体雕塑，且都与消除灾害或惩恶扬善有关。比如在世界小米大会的举办地热水汤附近就流传着水龙化身拯救黎民的传说。相传很久以前，热水汤附近有一条火龙凶残成性，动辄烧毁百姓房屋乃至整座山丘，有一位心地善良的青年向道士求得仙丹化身成为水龙，历经三天三夜的斗争终于战胜了恶龙，自己却因伤势过重倒地不起，二龙便化身成了热水汤附近的“二龙山”。而火龙虽然战败却仍然不服，从口中喷火，水龙则持续喷水与之抗衡，这水火相冲烧热的温泉就成了今天的热水汤。又如敖汉玛尼罕乡五十家子一带也流传着黑龙守塔的传说。相传很久以前，五十家子一带强盗肆虐，还妄图挪用五十家子古塔上的砖石修建贼窝。不想一条黑龙顺孟克河水而上，霎时间狂风大作，冰雹下落砸得强盗抱头鼠窜钻入塔中，黑龙又向塔内招来一道闪电，将这伙杀人不眨眼的恶魔尽数劈死。

然而这黑龙从何而来？回顾敖汉史前的“龙”，除了三星塔拉大玉龙是墨绿色接近黑色以外，其余玉龙有偏黄有偏绿，并不见纯黑色，赵宝沟黑陶鼎上的龙则是因为胎质的缘故才呈黑色。因此我们不得不将目光投向中原文化，投向阴阳五行说，投向黑色主水，因为敖汉的黑龙传说中往往还伴着雷雨和冰雹。董仲舒在《春秋繁露》中所提到的“求雨作龙”就是作五色龙：

以甲乙日为大苍龙一，长八丈，居中央。为小龙七，各长四丈，于东方……

以丙丁日为大赤龙一，长七丈，居中央。又为小龙六，各长三丈五尺，于南方……

以壬癸日为大黑龙一，长六丈，居中央。为小龙五，各长三丈，于北方……

《通典》中还记载有"仲春兴庆宫祭五龙坛"[5]的说法。

另外，在敖汉旗金厂沟梁镇古洞观和丰收乡格斗营子等地流传的"秃尾巴老李的故事"，也将黑龙的来源直接指向借地养民。

第二种是庙里塑像膜拜的龙王。"龙王"的特点是高度的拟人化，从塑像上看虽然面目还是龙的样子，却是端坐的姿态，有手有脚，已经是龙头人身的样子了。宋人朱胜非在《秀水闲居录》中说："西门豹传说河伯，而楚辞亦有河伯词，则知古祭水神曰河伯。自什（释）氏书入中土，有龙王之说，而河伯无闻矣。"可见我们今天所见的龙王，是印度龙王与我国传统龙文化杂糅而成的。今敖汉旗四家子镇的喇嘛庙青城寺里面，也有可供百姓求雨的龙王殿。而宋徽宗大观年间，封"英灵顺济龙王为灵顺昭应安济王"，便等同于官方认同了龙王王位的合法性了。

今天敖汉人所崇拜的龙虽然明显是来自中原的，但如果商文化来源于红山一说真的得到证实，那么中原的龙最早又切实受到以敖汉为代表的东北龙影响，甚至就是在此基础上演变而来的。毕竟妇好墓的玉龙与红山的很像。

于是一个更有趣的现象就出现了：农业在这里诞生传了出去在清末又回到敖汉，龙从这里传了出去也回到敖汉了，只是走的时候还是巴掌大的一条小玉龙，回来就变成了很大的一尊还封了王，好像游子，赤诚而去，衣锦荣归，这不能不说是一件很有趣的事！

注释

[1] 刘国祥、贾笑冰、赵明辉、田广林、邵国田著：《内蒙古赤峰市兴隆沟聚落遗址2002—2003年的发掘》，《考古》，2004，(7)。

[2] 杨虎、刘国祥著：《内蒙古敖汉旗兴隆洼聚落遗址1992年发掘简报》，《考古》，1997，(1)。

[3] 刘国祥、邵国田著：《内蒙古敖汉旗城子山与鸭鸡山祭祀遗址》，《2000中国重要考古发现》，文物出版社，2001年，第18页。

[4] [东汉]王充著，陈蒲清点校：《论衡》，岳麓书社，2006年，第206页。“董仲舒申《春秋》之雩，设土龙以招雨，其意以云龙相致。”

[5] [唐]杜佑著：《通典·中》，岳麓书社，1995年，第1446页。

04 长城

分界也意味着交界，最容易相互浸染。长城阻不了交流，战争本身也是促成交流的一种重要方式。围绕着长城展开的争夺使敖汉成了你方唱罢我登场的历史舞台，农业民族、游牧民族交互统治着这片农耕起源之地……

一、边界

在敖汉旗史前文化博物馆的立体地图上，两道横贯敖汉中部的横线颇为醒目：北面一条在四道湾子镇白斯朗营子村附近，南面一条自四德堂乡向东延伸至新惠镇、新地乡、丰收乡、克力代乡、贝子府和王家营子乡。若按比例换算，两道长城相距15~20千米的样子。讲解员说：“那是咱敖汉的长城！”

我的耳朵快要竖起来了，因为长城在每一个中国人心中都是一个民族烙印，是中华的标志，是令人顶礼膜拜的神迹。只是这里为什么会有长城呢？长城不应该在河北、北京吗？

“您说的是易水长城吧？大概在公元前334—前311年，燕国曾在今河北省易县以易水为塞修建南界，而敖汉境内的是燕昭王时期修建的北长城。北长城在敖汉内也有两道，北边这条咱们称燕北外长城，大致从河北省围场那块儿进入赤峰市松山区，再接咱们敖汉旗四道湾子，向东延伸入奈曼旗接辽宁省阜新长城，全长得有120多千米呢；下边这道（南边）暂时称燕北内长城，咱们这个地图上显示的也只是敖汉的这一段，实际上四德堂西面还连着建平的程家沟等地，现在看这条长城在王家营子这块儿中断了，但是据考证它应该是和北票市境内的长城相接的。”讲解员一边指着地图一边说，十分敬业。但至于这道长城为什么要修建、为什么会有两道，就难以说清了，我只得去翻阅资料。

关于燕国这道北长城，《史记·匈奴列传》记载：“其后，燕有贤将秦开，为质于胡，胡甚信之。归而袭破走东胡，东胡却千余里……亦筑长城，自造阳至襄平，置上谷、渔阳、右北平、辽西、辽东郡以拒胡。”也就是说，西起造阳、东至辽东的这道北长城是燕将秦开破东胡以后建立的防胡设施，这大概是燕昭王十五年（公元前297年）时候的

长城（敖汉旗史前博物馆提供）

事儿，距今已有2300多年。

但如何证明这就是燕长城呢？从周边文物来看，当时敖汉长城以南确实是燕国的势力范围。例如燕北外长城所在的四道湾子就曾发现印有“狗泽都”[1]字样的陶器残片，经考古调查这里的文化层堆积约有1米厚，残存遗址东西长1000多米、南北宽500米。地表散落许多战国时代的陶片，还有铁铲、铁馒等器物出土，说明这里曾是燕国的北方重镇，而铲和馒很有可能与农业相关。敖吉乡刁家营子里也发现有燕国古城址遗迹，距长城仅120米，还出土了70多枚燕国刀币。

此外，敖吉乡喇嘛板村山湾水库还发现了带有子城的燕国古城址，地表散布有不少战国时期的陶片和制造铜质生产工具时使用的石范等重要文物。

然而，令人不解的是，燕北长城为何会有两道？不但讲解员不甚明了，各方探讨也只能推测为内长城是秦开破胡后修建的，而外长城很有可能是燕国国力强盛后扩建的了。

武安州辽代白塔损坏处（朱佳摄）

二、分界

那么东胡又是谁？

东胡是生活在西辽河、西拉沐沦河流域的东北游牧民族，早在商初东胡就活动在商王朝的北方，《逸周书·王会篇》里将他们与山戎等北方少数民族并称“东胡黄罴、山戎戎菽”。春秋战国之际，东胡号称有“控弦之士二十万”，屡次侵扰燕、赵北境，因此才有秦开为质，归来后大破东胡的故事。秦汉之际，冒顿单于趁东胡王轻敌之际，大破之，分化成乌桓与鲜卑。

这就很奇特了，前文我们说过从兴隆洼到赵宝沟再到红山文化，石器农业一直处于上升状态，怎么忽然间敖汉就出了东胡人呢？他们从何而来？什么时候来的？继续追寻敖汉的史前文化，又出现了一个很有趣的现象，那就是在距今3000多年前，在时间上也出现了一条农牧分界线——那也是夏家店上层文化和夏家店下层文化的分界线。

夏家店下层文化距今约4500~3500年，分布于西拉沐沦河以南、永定河以北，东及下辽河以西，西达桑干河上游一带。在今敖汉境内共有2000多处遗址，从南到北遍布全旗。彼时刚刚进入青铜时代，主要生产工具依然是石器，有趣的是这一时期的耜虽然空前普及，体形却比红山时期的小，晚期甚至出现了骨制的耜，这只能说明夏家店文化时期耕地已经开垦成了熟地，因而轻便宜精耕的小型农具开始登场。

内有碳化粟黍堆积的大型窖穴在这一时期也颇为普遍。例如1978年发现的辽宁建平水泉遗址中，就有3个直径2米、深度也约为2米的粮窖，底部堆积的碳化谷物达0.8米厚。《夏家店下层文化若干问题研究》一文中计算过，按每立方米储粮1200斤计算，这3个窖穴所储谷物总量可达23400斤。敖汉境内的大甸子遗址、兴隆沟遗址第三地点也发现了碳化粟黍，可见不是孤例。

此外，这一时期不但以猪、狗为代表的家畜饲养业已经颇具规模，墓葬中用猪和狗作为牺牲的也十分普遍，甚至有一墓用3猪或4猪的，如果不是农业占主导地位且有大量的剩余粮食，是不可能出现这种现象的。

但是到了夏家店上层文化时期，虽然农业仍然占有相当大的比例，窖穴也相当普遍，从墓葬中却能看到非常鲜明的游牧风俗。例如敖汉旗周家地墓地[2]的墓主不但髡发，还戴着用大量的钉缀、铜泡和绿松石装饰的麻布覆面，身上绑有两条革带，左侧还拴挂着皮革刀鞘。这一时期的髡发、铜泡装饰、青铜刀都是典型的游牧风格。而《后汉书·乌桓鲜卑列传》中说东胡后裔乌桓"以髡头为轻便。妇人至嫁时乃养发，分为髻"，与夏家店上层文化时期的先民装扮类似，因而有些学者认为夏家店下层文化的先民就是东胡人。

那么东胡为何而来？《GIS支持下的赤峰地区环境考古研究》一书中指出，这是由于这一时期也就是距今3000多年的商末周初出现了寒冷期，干旱与饥荒频生，人们就会向海拔较低、相对温暖的地区迁徙，"而在赤峰地区夏家店上层文化遗址的分布却较此前的夏家店下层文化的遗址表现出向高、向北分布的倾向，这些现象表明夏家店上层文化应该是从更北的地区由于气候变冷而南下到赤峰地区"。

三、交界

分界也意味着交界，最容易相互浸染。长城阻不了交流，战争本身也是促成交流的一种重要方式。围绕着长城展开的争夺使敖汉成了你方唱罢我登场的历史舞台，农业民族、游牧民族交互统治着这片农耕起源之地。

统一六国后，秦始皇便使蒙恬连接燕、赵、魏三国长城号称万里。

这次修缮的就是燕北外长城，老虎山遗址曾出土过1枚秦代铁权，上面镶有版凹槽，足以证明这里曾是秦王朝的行政官属。到了西汉时期，《史记》中说“汉亦弃上谷之斗辟县造阳地以予胡”，则燕北外长城很可能在此期间落入胡人之手，而以内长城为北界。

此外，《东北燕秦汉长城的考古调查与研究》[3]一文的作者冯永谦先生还认为，敖汉存在着东汉长城，即敖汉旗老虎山长城。冯先生认为，老虎山长城和建平长城是同一道，二者在结构上相同、地域相近，走向上老虎山长城西端刚好与建平朱碌科长城相接。这段长城比燕北内长城还靠南，很可能是由于东汉国力弱，管辖范围缩小造成的。

那么游牧民族接管敖汉以后当地农业是否就此断绝了呢？发现中华祖神的王泽老师认为农业很难在敖汉完全断绝，因为这里的自然条件太脆弱了，尤其是北部沙地部分。农业作为相对稳定的经济形势，至少可以为游牧经济做补充，这意味着这一时期当地农业生产较为粗放，很可能长时间没有进步，从而大幅度落后于中原地区。这当然只是基于环境因素的猜测，但农业的稳定性的确是立国之本，以至于游牧民族想要入主中原就不得不发展、重视农业。

例如辽代，这一时期敖汉境内有两个叫作武安州和降州的地名，辽人将掳掠来的汉人迁到这两个地方进行统治，他们也得以在这里继续保持着汉人的生产、生活方式。1991年考古工作者在敖汉旗南塔子乡城兴太村下湾子发现了一座辽墓[4]，墓南侧与武安州城址隔河相望，辽太祖耶律阿保机将掠来的两批汉人迁入此城定居，故而这片墓地很有可能与汉人有关。且其1号墓中的壁画有着很鲜明的农业民族气息，该壁画中墓主做汉人装束正在宴饮。墓门甬道外绘画的双犬双鸡也是典型的农业民族气象，况且这双犬不同于以往辽墓壁画中所见到的猎犬，它们身子短粗耳朵也大，类似护家犬或宠物犬，正是农业民族所谓的阡陌交通、鸡犬相闻的田园生活景象。《敖汉旗下湾子辽墓清理简报》中还提到该墓室北壁绘有“门启图”，这与以往辽墓中所见的北壁不同，因为敖汉等地气候寒冷，很少开后门，因此辽墓壁画中的北壁多半是墓主人宴饮的场面，而“门启图”所描绘的明显是中原的生活景象。

中原人在这里生活，自然在这里耕种。事实上，辽代统治者对于农业生产也极为重视，在辽太宗以后，历代皇帝都曾经颁布过保护和发展农业生产的诏令，除在幽云十六州之地大力发展耕种之外，还在今蒙古乌兰巴托以西图勒河流域进行过屯田。至辽景宗保宁九年[5]（977年），已经可以发“粟二十万斛助（北）汉”了。《中国自然灾害史与救灾史》中还说辽道宗咸雍八年（1072年）二月闹饥荒时，下令免了武安州租税。

此外，在敖汉旗地区生活的游牧民族也有从事农业耕种作为补充经济的例证。例如，前文提到的以髡发、铜泡装饰为特色的夏家店上层文化，虽然被许多学者视为东胡文化，但必须引起重视的是，这一时期农业经济依然占有相当大的比重，例如位于敖汉旗四家子镇热水汤的夏家店上层遗址便发现了疑似窖穴的平底圆形土坑密集排列，个别有鼠洞和二层台阶，虽然尚在发掘中仍存在争议，但这种土坑既没有灶坑，也没有柱洞，应当不是半地穴式建筑，而是出现了类似郑州东赵遗址那样专门的仓

敖汉旗四家子镇老虎山出土秦代铁权（朱佳摄）

辽代铁犁铧（朱佳摄）

辽代铁镰（朱佳摄）

辽代铁锄（朱佳摄）

武安州辽代白塔（朱佳摄）

储区。且这种带有二层台阶的窖穴在当今敖汉旗民间仍有修建。而《小黑石沟——夏家店上层文化遗址发掘报告》一文则认为，从生产工具、兽骨遗存等方面综合考虑，夏家店上层文化时期敖汉旗小黑石沟先民仍以农业经济为主，兼有畜牧、渔猎经济存在。再如据《清实录》载，清康熙初年，在敖汉旗生产生活的蒙古族中也有以农业生产作为补充经济的现象。只是当时在敖汉生活的蒙古牧民所从事的农业生产十分粗放原始，他们播种后就去游牧，既不遵从农时也不进行管理，任作物自行生长，因此十分原始且低产。其实，唐代编修的《北史》中就说蒙古族的祖先室韦“颇有粟、麦及穄，夏则城居，冬逐水草”，且位于契丹之北的南室韦，“无羊，少马，多猪、牛”，只是“气候多寒，田收甚薄”[6]。元代时，为给岭北驻军供粮，曾令“拔都军于怯鹿难之地，开渠种田”[7]。此外也有少数蒙古牧民受农业民族影响，学会耕牛深翻且无田者由政府给田地耕种，即“蒙古户种田，有马牛羊之家，其粮住支；无田者仍给之”[8]，足可见游牧民族不一定丝毫不发展农业，况且

武安州辽代白塔塔身（朱佳摄）

敖汉旗等地区十年九旱，冬季漫长，遇大雪则冰封草原，牛羊牲畜瘦弱不堪，保留些许农业作为补充经济是十分合理的。

当然这些都还只是旁证，具体有待于考古工作者的进一步发掘。相信随着敖汉辽代考古工作的深入，有关辽代以至辽代以后的农业状况将会梳理得更清晰。

注释

[1] 邵国田著：《内蒙古敖汉旗四道湾子燕国“狗泽都”遗址调查》，《考古》，1989，（4）。

[2] 杨虎、顾智界著：《内蒙古敖汉旗周家地墓地发掘简报》，《考古》，1984，（5）。

[3] 辽宁省文物考古研究所编：《辽宁考古文集（二）》，科学出版社，2010年，第71页。

[4] 任仲书主编：《敖汉旗下湾子辽墓清理简报》，《辽西及周边地区辽金时期考古发现和遗址发掘资料汇编》，长江出版社，2008年。

[5] 王德忠著：《中国历史统一趋势研究——从唐末五代分裂到元朝大一统》，商务印书馆，2010年，第155页。

[6] [唐]李延寿著：《北史》全10册，中华书局，1974年，第3129~3130页。

[7] 内蒙古档案局、内蒙古档案馆编：《内蒙古垦务研究》第1辑，内蒙古人民出版社，1990年，第38页。

[8] 中国文史出版社编：《元史》，中国文史出版社，2003年，第19页。

武安州辽代白塔（朱佳摄）

05 移民者的年轮

那么就只能求证于祖坟了，中国人重祖宗、重辈分，坟墓的排列都以先祖为最大，子、孙辈们依次排列，好像树木一年增长一圈年轮，每故去一辈人坟地里便新堆起一排坟头！只是在敖汉这里还有特殊的意义，它们既是家族存续的证明也是移民历史的证明……

一、古墓纪年

在今敖汉旗大甸子乡有个名叫“古立木沟”的地方，任谁都会以为这是蒙古语旧称，就像丰收乡原本叫“倒格朗乡”一样，只是这里没有改罢了，然而当地村民却说这是当时登记地名时写错了的缘故。“这里应该叫苦木沟才对。你看这漫山遍野长着多少带着苦榴子的小乔木。”还有人说应该叫苦命沟才对，这光山秃岭的好不容易出了点无烟煤，土地改革以前还被大地主圈了去，唉！命苦啊……

一时间东一句西一句不知该听谁的好，直到一次偶然的机会，我在大甸子乡夏家店彩陶博物馆遇到了当地的文化名人柴占义老师，他说：“应该叫古墓沟才对！这说来还连累我家祖坟遭了殃！”我闻听得“祖坟”二字立马抖擞了精神。告别了东胡、鲜卑、契丹、女真、蒙古，当今的汉族人口已占了敖汉总人口的96%以上，汉人的到来促使这里的农业不断扩展，以至于如今仅有敖润苏莫苏木这一个地区还以纯牧业作为支柱经济了。这些汉族人口从何而来、从何时而来就成了研究清以来敖汉旱作农业发展的关键。只是史前的历史我们有考古报告可以借鉴，这一段移民史我们向谁去求证呢？家谱，无疑是最好的证明，但是向当地百姓打听却都说“不在了”。我疑心是“文革”时期和其他文物一起毁去的，但细问之下却并非如此，村民都说：“家谱大概是20世纪80年代末没的，那时候不重视了。以前家谱是分家的凭据，现在不讲究分家了，也就没人在意了。”就连柴老师家这样祖辈出过秀才的文人家庭，也只余一份后世誊抄的了。那么就只能求证于祖坟了，中国人重祖宗、重辈分，坟墓的排列都以先祖为最大，子、孙辈们依次排列，好像树木一年增长一圈年轮，每故去一辈人坟地里便新堆起一排坟头！只是在敖汉这里还有特殊的意义，它们既是家族存续的证明也是移民历史的证明！于

敖汉旗大甸子乡柴氏家族墓地，图中枯树为 50 多年前
柴占杰先生为其祖父送葬时的哭丧棒长成（朱佳摄）

柴氏家族墓前将成合抱的大树（朱佳摄）

是我央求柴老师及其兄长柴占杰先生，一并到他们家祖坟来了一次特殊的考察！

柴家祖坟在古墓沟深处的半山坡上，一路上我们的小车蹭着地皮缓慢地在坡上爬行，有些地段坑洼不平晃晃悠悠好似坐轿子，有些地方坡度大到简直快要直立起来了一般。“看，那棵大树底下就是我爷爷、我父亲的坟！那两棵大树，枯死的一棵是我爷爷死的时候，我插在土里的哭丧棒，没想到就活了，可惜前些年又让雷劈死了。”领路的柴占杰先生忽然喊道。我赶忙伸长脖子从车窗往外望，问道：“都在这里吗？”

“祖坟还得往前呢！一般来说五代一迁，现在不分家了但是坟得迁，因为祖坟都是靠着坡修建的，前面就剩下那么点大，你不可能十几辈子、二十几辈子都在一片地上，那得清出多大一块地啊。过去分家，几代以后就到别的营子生活去了，重新到那片儿新开坟了。”柴占杰先生一边解释一边向着坟地走去，我跟在后面拍了张他站在那棵树下的照片，五六十年前他随手插下的一根树枝，五六十年后已经直耸天际了，这样的高度对比实在令人感慨。

“到了，那大坟就是我们高祖柴子敬的，你看我家这风水怎么样？”占义老师别有深意地忽然发问道。我哪里懂什么风水，一时不解，只得环顾四周，四面环山，一人多高的大坟正对着古墓沟和对面的山口，两侧的山坡上皆是田地，我们去时正赶上秋收，谷子、高粱、玉米都熟了，漫山遍野是一条条深浅不一的黄褐色，真是胜景！忙道：“好风景！”

“这里埋了五辈人了，从我爷爷那辈挪过去的。也不远，从这块儿都能望见，这边其他的坟现在都快平了，但是你看，也能看见小鼓包。就祖坟还保持着这么大。怎么回事呢？还得说古墓沟。古墓沟最早是真有古墓的，是辽代契丹人的，后来让洪水给冲坏了，里面的随葬品就给冲出来了，村民不明就里就说这块儿有王爷坟，要不怎么能出随葬品呢？因此‘古墓沟’这名字就传开了，但是也招来了盗墓贼把附近大一点的坟都盗干净了。七几年的时候，旗工作队还让村民扒大坟取砖石，有人就说我家祖上是大财主，坟的风水又好，就扒这个，其实是惦记着里边有没有值钱的物件，结果扒开了一看啥也没有。就一个绘着《二十四孝图》的油漆棺材和墓室门两侧的对联还保存着，上联写的是‘炎祖修遐德’，下联是‘帝嗣行迩道’，横批是‘铭恩追远’。实际上我家祖上世代都是读书人，家道中落迁来敖汉，不是什么大财主，受牵连才被挖了坟。”

“那您祖上是哪儿的人呢？”我问。

“是清乾隆年间从永平府卢龙县柴家庄迁过来的，两兄弟柴子恭和柴子敬父母早亡，变卖家产发送老人以后给地主家放牛，赶上乾隆迁民垦荒就来了敖汉，在古墓沟这块儿落了家。当时这块儿不像后来那么荒凉，没有沟，就是许多洼地能存住水，所以叫‘连珠泡子’，后来人口增长过快到处乱砍滥伐，再加上耕地破坏，洪水才冲了过来。泡子也没了。”

柴占杰先生的故事为我们提供了很重要的信息，第一是乾隆时期有移民迁来敖汉，第二是移民的主体是失地、无地之人，最后移民在这里繁衍生息开垦耕种却也破坏了当地的自然环境。“那么人都是从河北迁来的吗？”我问。

“古墓沟这块儿有几家，我们家和老王家，老大柴子恭娶的他们家女儿。但是整个敖汉，或者就说大甸子、宝国吐等地还是山东人多。百分之七八十都是山东人，再有山西人也有些，河北的还是少。后来金厂沟梁那块儿挖金矿有些河北的来当矿工，那都晚了，清末的时候了。”

为了进一步探讨移民的时间和来源，我在后面的采访中每遇到一个村民就去问一问他们的祖籍，未承想还真发现了一条相当重要的线索，部分采访信息如下：

兴隆沟，滕振宗，祖上自山东迁来，自己是第七代。

大窝铺，谭术民，清代自山东省莱州府谭家庄迁来，已有10多代。

大窝铺，张志国，自山东杨家店迁来，自己是第七代。张家是大窝铺 3 个大户刘、张、王之一，大窝铺村最早由老吴家开辟，也是山东人。

大窝铺，刘振荣，自天津府静海县刘家庄槐树底下迁来，已有六七代，后分家到刘家马架子一支、奈曼旗一支，共有个七八十口人，附近少见天津人，基本都是山东人。

范杖子，蒋春，祖上自山东省莱州府叶县蒋家踏庄迁来，至少七八辈人了。

小风山，计永，清乾隆年间自山东省莱州府牛谷庄迁来，到他们这是第九代（然而计永本人已经是太爷，算来至少应有13代了）。

金厂沟梁，陈风华，祖上从山东迁来，估计有10多代了……

正如柴老师说的“山东、山东、山东，基本上都是山东，连清朝最后一班进士张履谦祖上都是从山东迁来的。偶有山西、天津的移民出现也是极罕见的情况。”再看敖汉的地名也十分有趣：“大窝铺、陈家窝铺、魏家窝铺、何家窝铺、朱家窝铺……”基本上遍地窝铺，大窝铺村村长对我们说：“‘窝铺’就是田边儿的帐篷，山东人管这个叫窝铺。传说刚来敖汉的时候，也没有房子就在田边儿搭窝铺住，后来聚集的人越来越多了，或者自家繁衍的人口多了，就成了自然村。”

那么又是什么原因促使他们北上敖汉的呢？毕竟在之前的探讨中，可一直都是北方的游牧民族南下的啊！

二、借地养民

当地人说移民起源于清代借地养民的政策：“康熙的时候，山东、山西闹灾荒，康熙来敖汉嘛，就跟蒙古王爷们商量，借地给关内的百姓种！”百姓讲起故事来就特别绘声绘色，说的煞有介事，我却未在史料中发现康熙年间有“借地养民”这个说辞，但敖汉开始招募百姓垦荒却确实始自康熙东巡，因为《清圣祖实录》[1]中记载，康熙三十七年（1698年）东巡出古北口路过敖汉等地曾有感于当地牧民生活贫苦、牧业经济不稳定，派内阁学士黄茂等人到蒙古诸部“教民垦荒”，上谕中说：“蒙古之性懒惰，田土播种后即各处游牧。谷虽熟，不事刈获。时至霜陨穗落，亦不收敛，反谓□山戊不□歉。又因盗贼众多将马畜皆置之近侧，夜则圈之宿处，以致马畜瘦毙，生计窘乏……蒙古地方，多旱少雨。宜教之引河水灌田。朕巡幸所至，见张家口、保安、古北口，及宁夏等地方皆凿沟洫、引水入田，水旱无虞。朕于宁夏等地方取能引水者数人，遣至尔所。朕适北巡，见敖汉、奈曼等处田地甚佳，百谷可种。如种谷多获，则兴安等处不能耕之人就近贸易、贩籴，均有裨益。不须入边买内地粮米，而米价不致腾贵也。且蒙古地方既已耕种，不可牧马，非数十年草不复茂。尔等酌量耕种，其草佳者应多留之。蒙古牲口，惟赖牧地而已。且敖汉、奈曼等处地方多鱼，伊等捕鱼为食，兼以货卖，尽足度日，此故宜知之。凡有利益，朕不时指示，尔等当尽心勉励，以副朕意。”

读到这里，我们不得不佩服康熙皇帝的宏才大略及其对事物的认知能力。他解答了一个长久以来困扰我们的问题，即游牧民族究竟种不种地，怎么种？首先，从这段话里我们知道，蒙古族在游牧之外也种植，只是太过粗放，撒上就不管了，也不按时收割；其次，他指出敖汉的土地适合农业耕种，谓之“甚佳，百谷可种”，但干旱少雨可以考虑学习宁夏等地修建水利工程来解决，并为之配备了技术人员；最后，说明在敖汉等地发展农业不仅有利于当地牧民，还能解决周边不宜耕种地区的粮食问题。

此外，康熙年间还开始准许部分关内汉人前往敖汉等内蒙古东部地区进行垦荒，清《理藩院则例》中载：“自康熙间，呈请内地民人前往种地，每年由户部与印票八百张，逐年更换。”这里所说的民人就是汉人，他们为什么背井离乡，自请到敖汉等地区开辟荒地？

这很可能与关内人口急剧增加造成地少人多和赋税繁重、粮价居高有关。《清圣祖实录》中载，康熙五十五年（1716年）闰三月壬午，康熙帝评议米贵以致百姓乏食时说：“今太平已久，生齿甚繁，而田土未增……或有言开垦者，不知内地实无闲处。今在口外种地度日者甚众。朕意养民之道，亦在相地区画处之而已。”[2]雍正皇帝对此评价说：“圣祖仁皇帝临御六十余年，深仁厚泽，休养生息，户口日增，生齿益繁，而直省之内，地不加广……所入不足以供所出，是以米少而价昂。”[3]又评康熙五十一年（1712年）十数万山东民人出口谋生一事感慨地说：“伊等皆朕黎庶，既到口外种地生理，若不容留，令伊等何往？”[4]足可见向口外蒙古疏散人口以缓解关内压力之意。有关敖汉地区的地方志《塔子沟纪略》也说：“塔子沟境治，昔本蒙古藩封，征逐水草。康熙间，始辟土地，树艺百谷。佃民交租而无赋，惟出易时取斗税耳。”也就是说当时塔子沟所辖之地，只缴租不缴赋，税也很低。《塔子沟纪略》是清代人哈达清格出任塔子沟理事通判时撰写的地方志。该官职始设于乾隆五年（1740年），是专门管理敖汉、奈曼、喀喇沁左右等旗汉人事务的官员。它的设立本身就可以证实自康熙至乾隆年间迁来敖汉等地汉民之多。《清圣祖实录》中有康熙五十一年（1712年）五月壬寅的一条记载也说截至当年光是自山东迁到口外垦荒的就已经“多至十万余”了。康熙四十八年（1709年）康熙皇帝[5]还说：“大都京城之米，自口外来者甚多。口外米价，虽极贵之时稳米一石，不过值银二钱；小米一石，不过值银三钱。京师亦常赖之。”可见移民对当地农业发展的促进作用有多么巨大。

到了雍正年间，开始由招民到内蒙古垦荒发展为在内蒙古等地安置灾民，据《敖汉旗志》[6]记载，雍正二年（1724年）山东、直隶一带灾荒就曾准许百姓到昭乌达盟等地垦荒，昭乌达盟即今赤峰地区，敖汉也包含在内。借地养民，是敖汉旗等地民众对清廷自康熙朝以来推行的一系列准许关内民人到敖汉等内蒙古地区垦荒政策的统称，《敖汉旗志》《奈曼旗志》等地方志中也有收录；但查询史料，该词汇不见于《清实录》及《清会典》等官方典籍，仅在吉林将军希元《奏拟请长春厅改为府治农安设县归府管辖折》中提及，长春厅本是内蒙古郭尔罗斯前旗游牧地，于“乾隆时，以垦荒户安土重迁，遂有借地养民之举”[7]，后被《光绪朝东华续录》等书收录，因此应是借用此称谓。

传说中乾隆皇帝于老哈河畔观水时的"御座"（朱佳摄）

三、北迁洪流

另外一个值得注意的问题是，虽然从我们的实际访查中来看很多敖汉人都说祖上是乾隆时期迁来敖汉的，其实乾隆时期虽然也有借内蒙古土地安置流民的情况，但总体上这一时期却是禁止容留汉人垦荒的。这主要是连年灾荒导致涌入敖汉等内蒙古东部地区的人口超额，而正如康熙皇帝所说的那样，土地既已耕种，“非数十年草不复茂”，过度开垦势必威胁当地牧民的生存发展。而事情也并未如康熙皇帝设想的那样可以以农耕作为一般牧民的补充经济，而是好处都被王公、台吉、官员、喇嘛这样拥有大量土地的贵族所垄断，因为汉民百姓迁入当地需要依附在他们的旗下，租用他们的土地。对此清《理藩院则例》中记载：“蒙古台吉、塔布囊、官员、喇嘛皆称殷实，惟在下兵丁贫乏者多。此等殷实之人，每倚恃己力，将旗下公地，令民人开垦，有自数十顷至数百顷之多，占据取租者。是以无力蒙古，愈致困穷。”

而敖汉等旗自明末归附以来对清廷统治多有助益，助平吴三桂、耿精忠叛乱，剿灭噶尔丹，侵害牧民的利益便有动摇统治根基的危险，因此不能不引起统治者的重视。其实，康熙皇帝自“教民垦荒”以来便有此担忧，不但特意叮嘱黄茂等人“酌量耕种，其草佳者应多留之”，还通过“印票制度"来限制迁入的人口数额。印票，就是清廷颁发给准许出关民人的凭证。据清《理藩院则例》记载："自康熙间，呈请内地民人前往种地，每年由户部与印票八百张，逐年更换。"《敖汉旗志》上也说："康熙年间，凡来蒙地耕种的民人，每人由户部发给印票，逐年更换，同时规定必须春来秋走 。"相当严格。

但蒙古王公贵族深知招民耕种获利颇丰，开始私自容留关内流民到此耕种牟取暴利，生活也随之奢侈腐化。为开辟财源，蒙古王公贵族不断私自招垦，引发农牧冲突。对此，嘉庆皇帝曾评价说："若不行招致给与地亩耕种，伊等无业可图必不能久留边外，是流民出口之多，总由该王公等招垦所致。"[8]因而自乾隆至道光年间屡次禁止内蒙古东部地区私自招垦。《乾隆朝内府抄本理藩院则例》[9]里记载，乾隆年间各旗有私自容留汉人耕种的，本旗扎萨克，"罚俸一年"；管旗章京、副章京"罚三九"；佐领、骁骑校皆革职；容留垦地之人鞭一百。《敖汉旗志》载嘉庆年间令已开熟的三十七顷零二十七亩耕地全部撂荒还牧，私自开垦二百余亩的杖七十，徒刑一年半。

然而严厉的刑罚改变不了关内加剧的人地矛盾，也掐灭不了蒙古王公内心日益贪婪的火焰，禁令并未起到应有的效果。况且，一旦发生灾荒，为了缓解山东、直隶等地的灾情，清廷仍然准许其向外蒙古各旗就食。例如光绪朝《钦定大清会典事例》卷一百五十八中载，乾隆五十七年（1792年）直隶省部分地区旱灾牵连较广，虽令地方官散赈，恐有未周。而热河一带有些灾民并不依赖地方赈济存活，而是往他处谋生。遂发上谕："令热河道府就近晓谕，各贫民由张三营、博洛河屯等处分往各蒙古地方谋食者，不禁……今年关东盛京及土默特、喀尔沁、敖汉、巴沟、三座塔一带均属丰收，尔等何不各赴丰稔地方佣工觅食。"为了赶快疏解灾民还特令其从张家口、喜峰口赴巴沟、三座塔等蒙古地方觅食，不必专由古北口出口。同时责令地方官吏“不可加之拦阻”，若克扣浮冒、阻其生路，“其咎已不止于革职留任”。至光绪末年，一方面是战败带来的巨额赔款亟待搜刮，另一方面为了抵御沙俄向内蒙古东部地区的渗透不得不以关内居民充实边疆地区，但从光绪三十二年（1906年）三月，热河都统廷杰就“招民开垦敖汉旗九道湾子及喀喇沁东旗”一事所上的奏折中有“计地不过千顷，肥硗参半。是敖汉旗地本无多”，可见至光绪末年，敖汉旗移民与土地开垦已近饱和。

注释

[1] 戴逸、李文海主编：《清通鉴》（1～20册），山西人民出版社，2000年，第2075～2077页。

[2] 戴逸、李文海主编：《清通鉴》（1～20册），山西人民出版社，2000年，第2465页。

[3] 戴逸、李文海主编：《清通鉴》（1～20册），山西人民出版社，2000年，第2312页。

[4] 陈振汉等编：《清实录经济史资料：（顺治—嘉庆朝）农业编第2册》，北京大学出版社，1989年，第554页。

[5] 戴逸、李文海主编：《清通鉴》（1～20册），山西人民出版社，2000年，第2312页。

[6] 敖汉旗志编纂委员会编：《敖汉旗志》，内蒙古人民出版社，1991年，第255页。

[7] 吉林省档案馆，吉林省社会科学院历史所编：《清代吉林档案史料选编》，吉林省出版局吉业印字第196号文批准内部发行，1981年。

[8] 陈振汉等编：《清实录经济史资料：（顺治—嘉庆朝）农业编第2册》，北京大学出版社，1989年，第181页。

[9] [清]理藩院编：《乾隆朝内府抄本理藩院则例》，中国藏学出版社，2006年，第47～48页。

06 满纸辛酸泪

俗话说，皇上动动嘴，奴才跑断腿！要说这也怪不得人家左都御史没事儿找事儿，实在是自敖汉等旗招民垦荒以来，王公贵族为获私利私自容留汉人乱垦乱种防不胜防，以致侵占牧场、互争边界、纷争不断，甚至殴伤人命这等血案也屡见不鲜，历任热河都统都免不了为此头疼万分……

一、数本奏折

从第一历史档案馆的馆藏奏折来看，嘉庆二十四年（1819年）的新春佳节，时任热河都统的伊冲阿一定没过好。年前，有份关于“直隶建昌县民胡进生具控蒙古台吉阿思朗代青率众毁坏禾苗殴伤人命”[1]的折子被都察院左都御史景禄捅了上去，圣上谕旨“着伊冲阿提人证秉公严审”[2]。俗话说，皇上动动嘴，奴才跑断腿！要说这也怪不得人家左都御史没事儿找事儿，实在是自敖汉等旗招民垦荒以来，王公贵族为获私利私自容留汉人乱垦乱种防不胜防，以致侵占牧场、互争边界、纷争不断，甚至殴伤人命这等血案也屡见不鲜，历任热河都统都免不了为此头疼万分。

其实按惯例，这等事想要查明并不难。总不过是要查清土地归属和谁打伤了谁，再督促捉拿凶犯也就可以了，但办理起来实在费事。一来，不能偏听被告的一面之词，古来诉讼谁不把自己说得可怜，细查之下却往往峰回路转另有隐情，因而必须将双方及人证分开询问；二来，垦荒之事牵扯人员复杂，不但涉及承租人、招租人、保人，还可能是承租人租地之后又转租了一部分给第三者，自己做起了“二地东”，若涉及土地边界之争，则两块地的承租关系都要问清，还要核对地契、地照，若该块土地不在允许开垦的范围内，则属违法私招，还要查看历代文件加以甄别；三来，判处谁杀谁也不算难，难的是因何事由，是一时冲动还是蓄谋已久，如何量刑定罪才能令双方信服，皇上满意。层层叠加，芝麻大点儿事，却比种西瓜还累心。

譬如嘉庆八年至九年（1803—1804年）间，步军统领禄康与直隶总督颜检等督办的“直隶建昌县民张奎五控敖汉台吉朝班霸占地亩并打死他亲戚的案子”[3]，看证词这张奎五当真一副老实巴交任人欺负的良民样子，诉说自己花了200两银子在敖汉巴土营子（别档又作巴图营子）租得额驸查卜得尔扎布的荒地，不想却被台吉朝班以国家不让耕种为理由赶了回去，其实却是被朝班霸占后转租给了他人。张奎五请敖汉管事的扎萨克调解，白白花了100两调解费和50两赎地费，不但地没要回来，还被恶霸朝班聚众持械殴打恐吓，自己的亲戚栾须也被朝班的弟弟打死了，眼见张奎五告到建昌县，对方又推出年逾70的爹来顶凶。又说旗内袒护蒙古贵族，纵容真凶逃走。然而事实却是巴土营子原本是蒙古四十七家公地，查卜得尔扎布根本无权租给张奎五。既不合法谈什么霸占呢？而后张奎五请地方官调解不成，又不答应退款，强行耕种受阻，便带工人去找朝班理论。按理说也属人之常情，但他说自己怕起争斗就暗藏铁锤防身却不一定可信。毕竟他在半路上遇见朝班，就要将他强行拉走去找地方官理论，对方不从，自己便用铁锤打人，还强行将朝班抬走，就不能说是自卫了。反倒是朝班的弟弟和老爹，听闻朝班被劫前去抢人才施放沙枪打死栾须的，与讼词两相对照着真可谓峰回路转，每一步都得花心思详查。何况这次还牵扯进敖汉王的弟弟阿思朗代青，想和个稀泥都不行。

等等，又是敖汉这块儿啊！伊冲阿不禁感到头疼又加剧了。

如今这案子与张奎五一案也有相似之处，看讼词是胡进生状告阿思朗代青率人破坏他家耕地，打死了他大伯胡恩，又找蒙民套布扎布顶凶，地方官吏验伤，胡恩也确是被铁头鞭一类的蒙古兵器打伤致死的，再者胡家的地虽是向吴惠南租的，可吴惠南的地却是台吉阿玉尔扎布白音巴图私自招租的，这块地原本应属郡王，牧场根本不在放垦范围内，则阿思朗代青确有驱逐盗租者的必要。按理说只需催促该地的地方官——四家子县丞武鸿宝详查核实就可以了。只是这件事尚未审结，当地却又冒出了一个名叫乌鲁滚保的蒙古人状告吴惠南等用沙枪打得根皮尔一脸麻子，而这个乌鲁滚保家的地正好与胡恩的地毗邻，根皮尔又是阿思朗代青的家奴，因而不得不放在一起考量。那就一起验伤吧，结果却出了蹊跷。原来这根皮尔的左脸本来就有麻子，根本不是枪伤，四家子县丞忙责问根皮尔因何诬告吴惠南，对方却说是不忿吴惠南指使胡进生诬告他主人阿思朗代青想要报复，寻思自己脸上有麻子，刚好伪装成沙枪伤，武大人听罢简直不知该哭该笑。

热河都统伊冲阿览罢，想必也会生出恨不得甩手扔了卷宗的冲动。争地归争地，知不知道诬告也有诬告的罪过！按律，诬告人死罪未决者，杖一百，流三千里，加徒役三年；诬告充军者，照所诬地远近抵充军役。所诬告的罪名越重，判处的刑罚也越重。偏偏村野民夫民妇不知法，还真就把诬告当便饭了。可这事儿也不是没有先例啊，嘉庆二十一年（1816年）前任热河都统和宁奉旨审理了建昌县寄居民妇王张氏呈控敖汉旗章京海里图抢夺粮食家畜、烧毁房屋、遗弃她丈夫尸骨的案子。经查实，王张氏及其子王全所耕种的土地也属当地台吉私自招租，嘉庆十九年（1814年）责令当地官府敦促驱逐、填井拆房，并将王全递解原籍。嘉庆二十年（1815年），王全逃回又在原处耕种，被章京海里图羁押再次拆毁窝铺。王张氏心生怨愤故而捏造事由诬告海里图意图报复，哪想前任都统大人手段老辣，一番威吓王张氏就道出了实情。再查这王张氏的丈夫王潮发生前也非善类，嘉庆十二年（1807年）曾与喇嘛争地并将其打死。[4]只怕私招乱垦之事一日不禁，这类案件一日不绝。

那么这个胡进生状告阿思朗代青一案是否如根皮尔所言也是诬告呢？细查还真是！而且读来还很有趣味性。只因胡恩私租的地与乌鲁滚保的地毗邻，遂生矛盾。嘉庆二十一年（1816年）四月十六日晌午，胡恩以乌鲁滚保侵占他家田地为由到田间理论引发争吵，同在附近耕种的套布扎布见状前来拉劝，胡恩认为套布扎布偏袒乌鲁滚保便扑打套布扎布，不料反被套布扎布打掉了3颗牙齿，气急败坏之下便扬言要和其拼命，套布扎布情急之下用乌鲁滚保的铁头鞭打伤了胡恩后脑致他倒地不起，被胡进生等人抬回去终因伤势过重于十九日殒命。只是胡进生赶来时，胡恩已被打倒在地，并未看清究竟是谁打的，只是隐约看见有一队蒙古人骑马经过，吴惠南听了便对胡进生说阿思朗代青素来喜欢骑马打猎，他必定在内，便怂恿胡进生控告说是阿思朗代青唆使家奴打伤人命。为使官府相信，吴惠南还诓骗租他土地的阿玉尔扎布白音巴图说，“在你地里出了人命，你也得跟着去官府。”随后代他写了份汉文供状，指认阿思朗代青为罪魁祸首，却不想官府只需将阿玉尔扎布白音巴图叫来一问便可明辨真伪。本案最终的判决结果是将诬告者处以笞刑痛打一顿再流放，而先前已被私开的土地则撂荒作为马场，租银也全数没收充公。

然而吴惠南为何甘冒被流放的风险也要拖阿思朗代青下水呢？因为吴惠南私下向阿玉尔扎布白音巴图租种的土地不在允许招民开垦的范围内，是不合法的，阿思朗代青作为敖汉王的弟弟有守土之责，理应撵逐吴惠南等人。吴惠南的诬告，既是一种报复，也是一种抗诉，因为私招盗租的最大恶果就是民人付了款但租赁契约却得不到法律保障，一旦官府下令撵逐，就会落到银地两空的下场。例如前文所述张奎五一案也是如此。虽然张奎五缴纳200两押租银向敖汉旗额驸查卜得尔扎布租赁50余顷土地确有其事，也请了中人做证，但经查这50余顷土地却根本不归查卜得尔扎布所有，而是属于当地蒙古四十七家公地。那判决呢？一个盗租，一个盗种，银两充公，而土地被盗租破坏的蒙古农牧民也深受其害。总览嘉庆年间关于争地起衅引发的10余件上达天听的人命案，都由私租乱种引起，可以说每一本奏折都是一份血泪控诉。

二、一份执照

1946年敖汉旗刚刚进入春播的时节，宝国吐乡就传出了一条爆炸性的消息：“大地主郑老三被抄家批斗了，被奴役的劳苦大众都去他家分地、分粮食啊！”消息一传十十传百，每个乡民却都如坐针毡地观望着。

“你说郑乡长？咱们这块儿三十三村的大乡长？”

“可不就是他！”

“这……确实吗？这可不是闹着玩儿的。那家伙多大势力。”

“那有开玩笑的吗？就在兴隆沟那茬（敖汉方言，即“块”）儿挨斗呢。几个八路主持着，听口音像是南方那边过来的。你不去，我去，撑死胆大的饿死胆小的！他们离着近的扛粮食都去了好几趟了，说是只要扛得走你就随便盛……”

“一开始好多人不敢来，怕反攻倒算，老郑家以前和日本人还有勾结，乡里谁能不怕？”盘腿坐在宗队长家的炕上，滕振宗滕爷爷给我们讲起了60多年前宝国吐乡大搞土地革命，为穷苦农民颁发土地执照的经历。那年他才十来岁，以为长大后会像自己的祖辈一样继续给郑老三家种地，没想到刚把日本人赶走不久，共产党就来斗地主了。

前文我们曾说过随着清统治的衰落，向内蒙古东部移民的浪潮不可遏止。越来越多的移民涌进敖汉，但不是人人都出得起120两银每亩还附加有各种杂税的银钱购买荒地，便只能依附地主当榜青工，而富人则可以通过不断购买荒地或租赁蒙民土地以当“二地东”的形式牟取暴利。滕爷爷的祖辈和郑老三家就是这样的两个极端。郑老三原名郑善昌，祖辈在宝国吐乡平安屯居住，发迹后在乡里各个营子不断置地，后来相中了兴隆沟和大王山这一片土地就据为己有，招募榜青工来耕种。

“老郑家也搬到这块儿住，住在后院，伙计、耪青的都住前面，从这房子（宗队长家）往上走快到沟岔子那块儿，都是他家的院子。占地得有20多亩。四周的院墙5米多高，架了6个炮台，土匪都不敢招惹他。正房是11间、伙计房11间，东西厢房，还有临时工住的、仓库、牛羊圈的加起来得有200多间。”

滕爷爷的祖上从山东迁来敖汉原本在房申村定居，到了祖父这一代分家无地只得以出卖苦力为生。当时宝国吐街里有苦力市场，老郑家的大管家背着钱褡裢来了也不挑好坏直接包圆儿，苦力都跟他走直接到地里干活儿，干得好的留下，不好的就给点钱打发走。特别卖力的允许住在兴隆沟做长期工，所以清末的时候兴隆沟除了老郑家只有两个姓，一个姓滕一个姓王，都是老郑家的耪青工。宗队长的宗姓都是解放以后迁过来的了。

耪青工的生活非常艰苦。一个人耪120亩地，算一份青，东家出种子和牲畜。秋天大概能打10石（一石相当于现在四五百斤）粮食，先交两石给东家，剩下的才跟长工三七分。还有专门给东家放牛放羊的，鸡一叫就得出去，一人放100只羊、四五十头牛，不管下多大雨都不许下山，就给个贴饼子当干粮，水也没有就干嚼，挺到黑天才能回来。“粮食不够吃找东家借，或者有灾有病什么的借粮食，得给五分利，秋天还一斗[5]半。还不上第二年再加价，可能干一年还不够还的。”滕爷爷气愤地说。

“鬼子来了之后就更没法儿活了！”“九一八”事变之后敖汉也沦落到日本人的手中，虽然旗长还让蒙古人勒扎勒林钦旺宝担任，实际管事的却是日本参事官关米其。为了便于控制，伪政权还将新惠从敖汉旗政府中分离出来单独设县，同样用中国人王国生做县长，实际掌权的却是两名日本副县长。尤其是伪政权在敖汉各乡镇设立的几个特殊机构对敖汉人民和敖汉农业发展都有着不可忽视的影响。

首先，是与农业直接相关的“鸦片组合”和“兴农合作社”，这关系到百姓种什么和怎么种的问题。“鸦片组合”表面是日本资本家创办的收缴和贩卖大烟的营利组织，在中国种植加工成大烟砖，转销南洋。实际上在热河省北部的日统区域，只要是能引水种植的地方伪政府就会用征收的方式强迫当地百姓种植大烟。具体做法是按照耕地面积和土壤肥沃程度征收，即便不种植大烟也要花高价购买上缴，否则就要被伪警察吊打逼迫。大烟刚割下来还有水分呈糨糊状，一开始有百姓在里面掺上黄豆面再脱水成砖，后来被日本人发现，以后每次上缴还要验货。种植大烟需要水浇地，挤占了敖汉最肥沃的土地，对当地农业的破坏性可想而知。为了丰富作物品种提高产量，日本人还在敖汉成立了“兴农合作社”，它的主要职能就是引进日本的新型作物品种，如西红柿、甘蓝、黄瓜、土豆等。这些品种有的如西红柿是敖汉以前没有种植的，也有的是用早熟又高产的新品种代替当地的传统物种，比如用“站秧”土豆代替紫土豆，引进长茄子代替圆茄子。甚至还引进了猪、羊、马等家畜的新品种。这些物种虽然提高了农业经济效益，但是对当地传统作物品种的破坏性也是不可忽视的，我们必须要清楚老的作物品种虽然有着产量低、口感差等方面的弊病但并不是没有存在价值，至少它们保存了不同的生物基因，可能在未来的某个时候可以善加利用，关于这一点我们在后文还会探讨。此处要强调的是日本引进新品种提高产量为的是提高土地利用效益，获得更多暴利，而百姓并没有实际获利。此外，“兴农合作社”还向当地百姓推广化学肥料“肥田粉”来提高产量。它的主要成分是硫酸铵，是能够促使植物枝叶茂盛，提高果实品质和产量，同时增加对灾害抵抗能力的一种肥料。但长期施用则会导致土壤板结，进而破坏敖汉原有的绿色农业。

其次，是“勤劳奉公”和抓劳工。当时伪政府将年满19岁的青年男子编入“自卫团”，用于日常维护治安。每月还要负担15~20天不等的劳役，美其名曰“勤劳奉公”，实际上就是修城壕城堡这样维护伪政权统治的劳役。同时日本侵略者为疯狂掠夺我国矿产资源，需要大量的矿工。敖汉距离北票煤矿不远，许多百姓都被抓了过去。据滕爷爷介绍，在宝国吐伪警察局负责抓劳工的就是郑老三的小儿子，叫“劳工事务员”。“专抓年轻力壮的到北票和阜新煤矿给日本人挖煤去。每个村都要抓上二三十个，光是抓到北票的就有一两千人。当时谁家要是还有点钱就给他送去，就能免了，不然基本上就是个死。北票那儿10个能死8个，病死的、累死的、被井下煤气熏死的、活活打死的不计其数，有的病重还没死也直接扔到坑里就给野狗吃了。北票万人坑就这么来的！”我后来检索了一下相关资料，说是日军在1933年就占了北票煤矿。12年间从北票掠夺优质煤炭840多万吨，造成3.12万多矿工死亡，目前已经发现了5处较大的万人坑。有兴趣的读者不妨自行检阅，好了解其中的惨烈。这些矿工都是年轻力壮的青年男子，只有兴隆沟因为是郑老三家的私有土地，所以滕爷爷的父辈才幸免于难。

从村民的叙述中不难得知，自伪满洲国建立以后敖汉人民一直生活在日本侵略者和本地地主乡绅的双重压迫之下。“日本人收大烟、收粮食也委托老郑家的几个儿子管，他大儿子就在粮务处，除了上交给日本人的他还要再克扣一些自己留下来。谁能想到能从他家拔下毛来？”滕爷爷唏嘘不已地说。

“后来都看没事儿，就都来分了。甭管多远来的，甭管男女老少拿的多大口袋，只要你拿得走就随便拿。地窖、仓库几千石的粮食都给百姓分了。有的那鸡贼的走不远把粮食倒一边再回来盛的也不管。郑老三和他当汉奸的儿子都给崩了，抓劳工害死多少人！”同年敖汉旗三官营子、二官营子、老虎沟等地的耪青工也在党组织的领导下开展了“减租减息、开仓放粮、土地还家”清算地主的斗争，40多户贫农分得了1700石粮食和4000多亩土地。

今天回顾大风暴运动实际是党组织在接收敖汉以后，发动贫雇农和耪青工清算地主的群众斗争，斗争从减租减息开始扩展到土地改革，最终目的是使贫苦大众获得土地和生活的资本，而剥削的废除则极大地提高了广大农民的生产积极性，为恢复敖汉的农业生产和经济发展起到了极大的促进作用。只是进展并不像滕爷爷叙述的那样简单，而是随时面临着地主大户的反攻倒算，是有计划按步骤逐步实行的。

例如《敖汉文史资料选辑》中就提到新惠公爷府土地改革的时候，虽然坚持着“不动富农”以争取孤立地主恶霸的基本政策，但国民党占领沈阳等地后，地主们立刻振奋了起来，大肆鼓吹“国民党必将胜利”，还拉帮结伙叫嚣“平了公爷府，捎上康家店”，一些胆小怕事的农民担心反攻倒算亲手把土地改革送到手的土地给地主还了回去。一些势力较小的地主富户不敢和人民公然作对，就偷偷将值钱的细软埋藏起来隐匿财产。范杖子的陈连昌大爷就曾在兴隆沟掏鸟蛋时掏出了当地富户藏在鸟窝里的镀金铜佛。

据敖汉旗四道湾子镇二道湾子村史馆馆藏的那张土地执照来看，1949年中华人民共和国成立前夕，敖汉旗人民政府根据《中国土地法大纲》平分土地后为确保农民土地所有权，向当地农民颁发了土地执照作为凭证。土地按人口和薄肥平均分配真正做到公平公正，实现了“耕者有其田”的夙愿。

注释

[1] 第一历史档案馆，都察院左都御史景禄《奏报直隶建昌县民胡进生具控蒙古台吉阿思朗代青率众毁坏禾苗殴伤人命等情事》，档号：03-2247-022。

[2] 第一历史档案馆，热河都统伊冲阿《奏为审明建昌县胡进生呈控敖汉旗台吉阿思朗代青翻毁青苗殴毙人命一案按律分别定拟事》，档号：04-01-08-0035-017。

[3] 第一历史档案馆，步军统领禄康等《奏为直隶建昌县民张奎五呈控租种敖汉旗额驸地亩被谷（台）吉霸占并打死伊亲戚请交刑部审办事》，档号：03-2277-014；直隶总督颜检《奏为审拟建昌县民人张奎五呈控蒙古台吉朝班霸地枪伤栾须一案事》，档号：03-2278-012。

[4] 第一历史档案馆，内阁学士珠隆阿《奏为查讯敖汉扎萨克栋鲁布呈控民人姜忠和因争地起衅殴死得特库等情案大概情形事》，档号：04-01-01-0508-018。

[5] 1斗等于10升。

三官营子今貌（朱佳摄）

Agricultural
Heritage

07 守护基因库

我常想，科技的进步往往令当代人冲昏头脑，以为什么都可以改造，因为确有改造的能力，比如引水到沙地浇灌，殊不知顾此失彼，容易导致断流以及地下水位下降；比如乱施化肥害人害己，久了土壤也会板结。古人技术落后却谦虚谨慎得多，想尽办法去顺应自然，薄地、肥地各有不同的物种相适应……

一、敖汉小米，千奇百怪

前不久，在敖汉热水汤举办的第三届世界小米大会上，惠隆杂粮种植农民专业合作社出品的“孟克河”牌小米以黑、白、黄、绿4色的稀奇组合吸引了不少与会者的目光，因为在很多人的脑海中，黄色才是小米的“正经”颜色。我不由得想起若干年前，家门口的集市上来了位挑着担子叫卖自产小米的老妇人，那担子里的小米颜色焦黄，不同于北京市面上常见的黄白色小米，令人望而生津，一时间也吸引了不少“煮妇”驻足围观，争相购买。人们习惯用挑选柴鸡蛋一样的审美标准去品评小米，认为越黄的小米越天然、口感越好，用化肥催起来的才会发白，殊不知这只是品种不同而已！譬如山西红谷，颜色就深，吨谷颜色就浅，颜色的深浅与口感并没有直接关系。我们在兴隆沟调查时偶然发现传统作物品种“苏子粮”，剥开外壳后呈纯白色，自带一层油脂光泽，套用滕振宗爷爷的话来说：“要说最好吃的，那还得是苏子粮小白米，那一揭锅，满营子都飘着香气！”

其他农户也跟着应和：“那可不是嘛！那谷子就是香，其实产量也不算低，丰年咱们这儿地力也好，一亩能打上400多斤，但是跟现在的黄金苗还是没法儿比啊，那玩意儿打好了七八百斤呢。”

“白的不认头（不认同）！”滕爷爷一撇嘴补充道，“玉米也是，都要黄的，加工出来好看，白的不认。”

“那还有人种吗？”我十分担忧地问道。

“倒也有，我家就种。种得不多，就是自己留着吃，现在卖得好的就黄金苗，比红谷都贵。”

“哦哦，那还有什么好吃的老品种吗？新鲜的。我之前到扎赛营子去，那儿有个黑色的谷子挺稀奇的，还有绿色的，叫绿优谷吧！咱们这

敖汉小米（朱佳摄）

儿有吗？”滕爷爷的话勾起了我对传统物种的浓厚兴趣。

“黑的朱砂谷！老年儿也种过，返生——刚弄熟了还凑合，凉了就硬。捞水饭容易掉色，也不好看。还有啥好吃呢？老虎尾、老来变好吃。”

“啥？”这名字稀罕得我一时难以理解，“是穗子长得像老虎尾巴吗？老来变，变成啥？”

“对！老虎尾穗子粗、紧实，产量高，红皮白米，能跟苏子粮媲美。老来变，没成熟之前是紫色，熟了就黄了，穗松。”说到兴起，老爷子在炕上把腿儿一盘，吧嗒一口烟，嘬一口茶道，“还有一种佛手黏，那你们更没见过了。”

“没有。”我们脑袋摇得跟拨浪鼓一样。像尾巴还能理解，好歹是

红色小米（朱佳摄）

一条，像佛手怎么理解？难道要分叉吗？

“哎！分叉！”滕爷爷手朝上给我们比画了爪子状，“这玩意儿防风也防鸟，因为它站不住。黏的也好吃。但是现在咱们这儿没有了。”

“啥时候没的？”

“得20多年了，为什么呢？它再黏也不如黍子，黍子粒大，好脱粒，好出数，基本不用间苗还省劳力。逐渐就被取代了……”

我不由得十分失落。这些传统的谷物品种，有的口感极佳，有的造型奇特以适应特殊气候及其他灾害，只因为人们片面追求经济效益就濒临消亡实在可惜。而今快速发展的敖汉，不断有高楼拔地而起，播种机、收割机沿着新开辟的公路由市镇走进乡间，挤压着毛驴挽犁、人工点种，废弃的石碾子、石磨盘或安静地躺在年久失修的土房里长满青苔，或被雨水冲下河谷无人问津。不但传统农耕方式被挤压至深山老林，传统的谷种也正在被黄金苗、山西红谷、赤谷四号这样的新品种取代，难道就只能任由这些传承了千年的智慧与经验被市场、被科技碾轧得荡然无存吗？

再次见到敖汉旗农业文化遗产保护与开发局局长徐峰的时候，我便迫不及待地向他提出了这样一个尖锐的问题：假设一种传统作物口感一般，产量又低，是否就没有存在的价值了呢？换句话说，我们该如何处理好经济效益和传统文化保护的关系，二者究竟有没有统一起来的可能呢？

徐峰沉思了一会儿说："其实我们在宣传农业文化遗产的时候，一直在向农民灌输一种思想——传统未必落后，守旧也可能是创新！因为我们守护的目的，是从传统中提取精髓为现代食品安全提供借鉴，吸取可持续的方式去应对化学污染。具体到传统物种上，这个精髓就是老物种中所保留下来的孕育着独特生物特性的丰富基因。比如，黄金苗的开发就吸取了毛毛谷的长毛用来防鸟，但是它也还有缺陷待改进。另外，科技的进步也可能是传统物种焕发青春的机遇，比如说黑米容易返生，但是它的营养成分高于一般小米，我们可以做深加工，不再以蒸煮来食用。这比转基因更安全。"

徐峰的话给了我很大的启发。我们一直觉得当代的科技与传统是对立的，却不知道通过深加工，恰恰能使传统物种扬长避短，而传统作物品种中也蕴含着经过了数千年的自然选拔的独特基因，这种生物特性可以帮助我们有效且安全地应对病虫害。但这一切的基础，都需要建立在对传统品种的搜寻和研究上来。

于是我们也加入了这一行列，那就是每到一个地方，除了完成特定的采访内容以外，总要向大爷大妈们问上一句："您这里有什么老的谷子品种吗？长什么样？产量多少？好不好吃？有什么特性？"这么一圈儿下来，竟然也搜集到了30多个传统谷物品种。其中"竹叶青"与《齐民要术》所载的名称相同，"压破车"与"令堕车"相近，"六十天还仓"与"百日粮"意义相近，都是指生长周期短，或可证明其悠久的历史。

二、种之黄茂，实方实苞

然而古人毕竟不懂什么基因研究，这么多的品种是如何培育的呢？

我们在宗队长家的房檐下找到了答案。原来，在没有种子站推广出售新品种之前，每家每户来年用于播种的种子，都要在自家田地里选育。"每年中秋前后，割谷子之前，先到地里选颗粒饱满的大穗掐下来，每凑两把就把尾巴拧在一起捆上挂起来，晒干。到来年播种时候再脱粒，这样保存活性大。脱粒以后还可以用笸箩筛，借助风力瘪的就出去了，倒水里也行，好的沉下去，不好的漂上来。"

选育的方法可能从敖汉先民驯化野生谷种时就存在了，考古学家在兴隆沟遗址浮选出的具有8000年历史的粟种还带有部分野性，不难想象先民是怎样通过一次次优选，逐渐驯化谷物野性的。就不同时期出土的谷物碳化颗粒的外观，也可以看出谷物颗粒由长变圆的过程。《诗经·大雅·生民》中也用"种之黄茂，实方实苞，实种实褎，实发实秀，实坚实好，实颖实栗"[1]来说先祖后稷选择肥大和饱满的良种种下，才长出茁壮的禾苗，结出健硕饱满的果实。

西汉时期的《氾胜之书》中将宗队长家的这种选穗为种的方法总结为穗选法，即"取禾种，择高大者，斩一节下，把悬高燥处，苗则不败"。然而《周礼·天官·舍人》中有"以岁时县（悬）穜稑之种，以共（供）王后之春献种"的记载。郑玄注："县（悬）之者欲其风气燥达也"。这种将谷物悬挂起来以便通风干燥保存的，用于来年春播的方

病害（朱佳摄）

式，也应当就是兴隆沟流传至今的穗选法。[2]

《齐民要术》中提到南北朝时期依然要“选好穗纯色者，劁刈高悬之”，在此基础上还要“别种”。就是要单独开辟一块田地来育种，还要勤除草给予特殊照顾，以求培育出更加饱满高产的种子。

康熙皇帝在《庭训格言·几暇格物编》中还记载了自己亲自试验白粟育种的故事：“七年前乌喇地方，树孔中忽生白粟一科，土人以其子播获，生生不已，遂盈亩顷。味既甘美，性复柔和。有以此粟来献者，朕命布植于山庄之内，茎、干、叶、穗较他种倍大，熟亦先时，作为糕饵，洁白如糯稻，而细腻，香滑殆过之。想上古之各种嘉谷，或先无而后有者概如此。可补农书所未有也。”[3]

值得注意的是，这种人为挑选饱满籽实作为良种的选育方式，是建立在自然选择之上的。即在同等自然条件下，最适宜当地环境的植株才会结出最饱满壮硕的果实。对比《齐民要术》中所记载的80多种谷物品种，敖汉如今仍可考的30多种虽不算多，却也应是久经选择淘汰后保留下来、较为适宜当地干旱多风气候的。

三、因地制宜，因时制宜

那么古人究竟为何要将谷物分门别类、单独选育呢？答案是为了更好地因地制宜、因时制宜，以便达到防灾减害、增产增收的目的。

早在《周礼·地官》中，就记载过一个名为“司稼”[4]的官职，其任务是考察辨明邦野之内每种谷物品种播种和成熟时期，及其所适宜的耕种土地，然后向民众普及，以便增产增收。贾思勰在《齐民要术》中也说：“山泽有异宜，山田种强苗，以避风霜；泽田种弱苗，以求华实也。顺天时，量地力，则用力少而成功多。任情返道，劳而无获。如泉伐木，登山求鱼，手必虚。”就是警示大众，要根据客观条件选择相适宜的谷物，不能任性胡来，违背自然规律，否则就犹如在水中伐木、到山上抓鱼一样不靠谱。

2016年中秋刚过，我们到高家窝铺拍摄秋收场景时见漫山遍野的赤谷四号，随口问起魏大爷为何不种黄金苗，因为黄金苗的市场价最高，魏大爷回答说：“黄金苗爱倒苗，山上风大，倒在地上掉粒也不好割，赤谷不爱倒。”另外，根据老人们的回忆，敖汉的传统作物品种怕风的少。因为敖汉多山地也就多风，因此要选矮秆、紧穗的品种来防风，例如六十天还仓、苏子粮、卧死牛这几种谷子，株高仅有70~80厘米，老虎尾、兔子嘴、齐头白也就在1米左右。

防鸟的谷子往往穗朝上，还带有明显的大长毛。如兔子嘴又名叉子红，就是指谷粒上的毛交叉长着，鸟不好抓；还有黄金苗的父本毛毛谷都是以防鸟闻名的作物品种。这种带毛的谷子品种在《诗经》中被称为“粱”。李时珍在《本草纲目》中总结前人的注疏说：“以大而毛长者为粱，细而毛短者为粟。”我国现存一些传统谷物品种还有将毛和粱并称的谷种，诸如毛粱谷、大毛粱等。另一种穗朝上分开的防鸟品种，诸如敖汉的佛手黏，也有称猫爪黏的，因穗朝上张开呈佛手状，且因谷子蒸煮后有黏性而得名。与之形似而不带黏性的则称为佛手笨。查《中国谷子品种志》还可以见到不少以“鸡爪”“龙爪”为名的品种，也都是一株多穗的特殊品种，汉代人甚至将这种奇特的现象视为祥瑞，称之为“嘉禾”（又名“导”），认为它们的出现象征着五谷丰登、风调雨顺。司马相如在《封禅书》中写“导一茎六穗”，汉李翕的《黾池五瑞碑》中则以黄龙、白鹿、嘉禾、木连理、甘露并称“五瑞”。《后汉书·光武帝纪》更记载有“是岁县界有嘉禾生，一茎九穗，因名光武曰秀”的传说，即是说光武帝刘秀很可能是因为一种类似佛手黏的分叉谷子而得名的，想来甚是有趣。但这一传说也从侧面说明，这种一株多茎的谷物品种出现得略晚，至少在东汉还属于罕见现象。王充在《论衡·讲瑞》中也说“试种嘉禾之实，不能得嘉禾”，可见当时这个品种尚未选育成功。

需要注意的是，在同一块土地上，也时常要换品种播种，因为同一品种连种很容易增加病害的风险。

因时制宜，则是指不同谷物品种的播种期和成熟期有早有晚，当善加利用，才能不违农时，收益倍增。对这一问题我国先民同样认识得很早，前文提到《周礼·地官》在讲司稼这一官职的时候就说要“而辨穜稑之种”，“穜”指早种晚熟的谷子，生长期长；而“稑”则指晚种早熟的谷子，生长期短。《诗经·鲁颂·閟宫》里也说“黍稷重穋，稙稚菽麦”，这里的“重穋”也就是“穜稑”。

然而掌握不同品种的生长期，对旱作又有怎样重要的意义呢?

2015年9月我们在兴隆洼镇小四家子做秋收调查的时候，见到一家农户的田地里一大片整齐的黄金苗中间掺杂种植了其他品种，高度也矮了一截。忙问其中缘故，那户男主人停下手里的活计，一脸无奈地答道："积水了，苗子不中了，这是抢种上的。"同行的宗队长忙为我们解释说："谷子别瞅耐旱，但是怕积水，有时候下雨不合适，该下时不下，不该下时下一宿，坑儿里积水了，就烂根了。那块儿长不好，要是发现得早就拔了，赶紧抢种一茬生长期短的，至少不会颗粒无收。"

"哦哦，那一般都抢种点啥？"我们连忙点头如捣蒜，觉得这一措施真是明智至极。

"那就六十天还仓之类的，六十天还仓嘛，就是说差不多种上六十几天就能收了。早年间的卧死牛好像也差不多七八十天，也算短的。"

"那生长期短的是不是收成不好？"

"产量低，口感也一般，过去就是抢点口粮。但是比荞麦好。"

"荞麦也是抢种用的？"这令人有点难以相信，赤峰市级非遗项目敖汉拨面指的就是荞麦面条，何况敖汉的双井是著名的荞麦产地。

"双井是沙地，特别适合荞麦。我们这块儿不适合，一般也没人爱种，因为荞麦属碱性，种完以后再种谷子就不中了，毁地。除非用大豆换茬或者用化肥，用化肥效果都不好。再说，有时候天旱，种上老不下雨，也得改种一茬成熟期短的。"

我常想，科技的进步往往令当代人冲昏头脑，以为什么都可以改造，因为确有改造的能力，比如引水到沙地浇灌，殊不知顾此失彼，容易导致断流以及地下水位下降；比如乱施化肥害人害己，久了土壤也会板结。古人技术落后却谦虚谨慎得多，想尽办法去顺应自然，薄地、肥地各有不同的物种相适应。贾思勰在《齐民要术》中还疾呼种田要早田、晚田相搭配[5]，就是为了预防节气后推、久旱不雨等不可控因素导致庄稼绝收、饥民遍野。今天遍地黄金苗、山西红谷抢占了市场。虽然改良了基因，增加了抗药性，但难保不会出现新的问题，尤其是害虫的抗药性不断提升，农药不但有害人体健康，很可能也会有失灵的一天，到时候依然需要从传统物种中提取新的基因，而这一切的前提，是我们能够死死守住这些传统作物品种，守住这座历经几千年自然优胜劣汰的基因宝库，并在此基础上不断研究，才有可能使我们的粮食安全得到保障。

注释

[1] “种之黄茂”是说要选用既光亮（黄）又美好（茂）的种子；“实方实苞”是说要选用肥大（方）和饱满（苞）的种子。这两句话合起来讲，就是要选用优良品种，其标准是肥大和饱满。“实种实褎，实发实秀”指的是播种良种，才能长出茁壮、整齐、均匀的禾苗。“实坚实好，实颖实栗”说的是选用良种既能长出好苗，当然也就能结出穗子硕大和籽粒饱满的果实。

[2] 穜稑，泛指谷物。《周礼·天官·内宰》载“上春，诏王后帅六宫之人，而生穜稑之种，而献之于王”。郑玄注，引郑司农曰：“先种后孰谓之穜，后种先孰谓之稑。”

[3] [清]康熙撰，陈生玺、贾乃谦注释：《庭训格言·几暇格物编》，浙江古籍出版社，2013年，第168页。

[4] 《周礼·地官·司稼》：“掌巡邦野之稼，而辨穜稑之种，与其所宜之地以为法，而县（悬）于邑闾。”郑玄注：遍知种所宜之地，悬以示民，后年种谷以为法也。详见陈戍国点校：《周礼·仪礼·礼记》，岳麓书社，2006年，第40页。

[5] 《齐民要术·种谷第三》：凡田欲早晚相杂。防岁道有所宜。有闰之岁，节气近后，宜晚田。

山西红谷、吨谷、黄金苗（朱佳摄）

俗语报春知

08

冒雪让魏大爷带着考察了附近一处烧锅旧址后，雪越下越大，不一会儿就从撒盐变成了飘絮。司机任师傅说，太晚了，可能会封路，我们不得已提前返回了。十月飞雪这种在北京不可想象的意外，打得我们措手不及……

一、敖汉月令

暮春三月（相当于阳历的4月间），北京已是春暖花开，敖汉的深夜却还在0摄氏度上下。《礼记·月令》说这个月，生气才刚旺盛起来，正是在土里蜷缩隐忍了一个冬季的嫩芽们破土而出的时节。俗语说“三月三，苓麻菜钻天”，就预示着一年的农忙要开始了。凌晨3点多钟的窗外漆黑一片，高家窝铺魏大爷已经催促妻子开始做饭了，他家的谷子地在附近的小山上，一遍鸡叫就出门也要走上一会儿。大爷说：“我们这儿的人都习惯把头天的剩菜烀（hū，当地方言，将粮食放在锅里蒸熟了，或熥热了）在锅里就走，方便中午回来吃口热乎的。”虽然古书里说“清明前后把谷泡”，敖汉的大地却才刚刚解冻，农历三月间能做的除了整地以便疏松土壤外，就是将圈里的粪起出来发酵后，再送到地里为播种做准备了。

农历四月，是敖汉的播种月。贾思勰在《齐民要术》中总结谷物播种时间说：“二月上旬及麻菩、杨生种者为上时，三月上旬及清明节、桃始花为中时，四月上旬及枣叶生、桑花落为下时，岁道宜晚者，五月、六月亦得。”若按这一说法，敖汉无疑落了下时。然而我国地域广阔，温差也大，现代科学证明谷子在土壤温度达到10摄氏度时才能萌发，农历四月上旬在当地已经算是播种较早的了。因为敖汉境内由南到北也有温差和小气候存在，高家窝铺就要比四家子晚一个星期左右。但一般小满前后，下了接墒雨（即每年春季第一场可以使土壤饱含水分，满足作物萌发要求的雨）就可以开始播种，当地农谚也说“小满种大田”，最晚不宜过了四月。魏大爷说，“播种很辛苦，一般早起四五点钟就上来，干到十一二点回家吃口饭，下午1点半上山，晚上7点左右才能回来。”

七月，耘地（朱佳摄）

“五月到七月初也不得闲。你还得间苗，还得除草呢！老话儿说‘苗间寸，如上粪’，就是说谷子长到一寸就该间了，晚了的话，相互争抢水分、肥力两败俱伤；早了的话，植株太小薅不出来。除草就是要越勤越好，你不能一遍完事，‘锄头底下二两油’嘛。苗长高一点，还得耘。耘地也叫耪地，就是把垄沟翻平，松土滑下来就把边儿上的小草压死了。耘地还能保墒，保温也保湿。太阳把土晒光溜，容易干。干了就裂大口子，耘地能把口子盖上，就不跑水分。耘地也要两遍最好。”

铲绿豆（朱佳摄）

割谷子（朱佳摄）

但依我说，这个月份的农耕在外行人的眼里就有看头了。敖汉正值不冷不热的季节，处处可见蓝天清澈如洗，地上禾苗青绿，午后的阳光将在垄间耘地的小毛驴照得油亮亮的，特别健壮可爱。

“七月中一般能清闲一点，听听戏。”但有像平安屯那样几乎年年下雹子的地区，百姓虽不劳力却还要劳心，密切地关注着中午有没有忽然暴热、天上有没有黄云翻滚。早年间，还要带上香烛纸钱到村里的雹神庙拜上一拜，求老天爷保佑。

八月是收获月。“严格意义上七月二十九就开始铲绿豆了，铲完绿豆收黍子，中秋前后割谷子。哪样儿都得弄一个多星期。”收获时节分秒必争，用当地的俗语来说“秋分不割（当地读gā），熟俩掉仨”。这时还要和雨水抢时间，因为晾晒中的谷子不能淋雨，天一阴农户就分外紧张，不但发动全家来抢收，甚至还要雇人来帮忙。一次我在金厂沟梁采访一位婶子，头天还一边削谷穗一边跟我们唠嗑，次日阴天就忙得话

除草（朱佳摄）

都说不上了，她家80多岁的老爷子也正式“参战”了。

九月加工粮食，赶在大地封冻之前把地翻一遍，秸秆要拉回来喂牲畜。

“十月储藏，上山砍柴……”魏大爷一口气帮我们捋完了一年的农事安排，灌下了一大杯热茶，又帮我们续上了一杯。“敖汉（农民）这一年没有真正的清闲，看了敖汉，就觉得我们那儿的人真是太懒了，田一种上似乎就没什么事儿了。”陪同我前去考察的南方同学石头说。

“那可不是，我们这儿靠天吃饭，自然条件恶劣，你就得勤勤，就得跟老天爷抢时间。”魏大爷说。

我连忙表示赞同，也啜了一口热茶，将录音笔按到“暂停”，让大脑也停下来消化一下。转头看一眼窗外，就见雪不知不觉间竟然已经落下来了。“下雪了！”我说。

“啊？下上了，这天从早上就阴。冷不冷？往里边儿坐，炕里头暖和。”魏家婶子一边说，一边将炕上熥着的豆角丝往角落里堆，好给我们腾地儿。

“啊不冷不冷，这炕熥得暖和着呢。”

冒雪让魏大爷带着考察了附近一处烧锅旧址后，雪越下越大，不一会儿就从撒盐变成了飘絮。司机任师傅说，太晚了，可能会封路，我们不得已提前返回了。十月飞雪这种在北京不可想象的意外，打得我们措手不及……

二、雪夜浮想

当晚，我失眠了。在敖汉的每一天都很累，地方太大，距离太远，每天早上6点多出发，晚上八九点钟甚至12点多返回旗里倒头就睡已成

突降的大雪（朱佳摄）

平常。然而今天，可能是宾馆冷得有点冻脑袋，可能是旗政府前的树林灯海披上银色的雪又镀上金色的光变得如童话世界一般太过灿烂夺目，大脑就一直亢奋着，放眼瞅着窗外灯影下飘过一片片鹅毛大雪，担心着明天会不会真的封路，忽然就忧愁起来了。

“算了，不睡了。”

我一下子蹿起来打开电脑开始结合着当天的见闻梳理脑中有关“农时”的记忆。我记得孟子在教导梁惠王治国之道时把“不违农时，谷不可胜食也”置于第一位。《吕氏春秋》的“审时篇”更是

雪后的玉米地（朱佳摄）

絮絮叨叨、不厌其烦地强调播种得时的谷子，秆短穗儿长，谷粒风吹不落，薄皮大粒又有嚼劲；播种过早则秆细，米不香；过晚，穗小多瘪谷，小风儿一吹七零八落，以彰显农时的重要性。[1]

在没有温度计、湿度计等仪器可供测量的年岁里，只有依靠总结生产经验来指导农业适时生产。月令就因此诞生。我国最古老的官方历法《夏小正》就已开始对一年12个月的农事活动做总结了，如二月“往耨黍”、四月“秀幽”、五月“菽麻”、七月“粟零（熟）”。《礼记·月令》的书写者则更像是一位唠唠叨叨的老祖宗，悉心总结了农耕的时序和每个时段容易引发的灾害，谆谆教导天子每个月的农时安排，以便督促勉励百姓生产：

孟春，要向上天祈求五谷丰登，亲率诸侯百官躬耕，布置农时安排，还要考察丘陵、坡地等各种土地所适宜种植的作物。

仲春，不得大规模兴兵、劳役，以免延误农时。

季春，祈求丰收。

孟夏，劳农劝民，毋或失时。

孟秋，农民开始收谷。天子品尝新谷。

仲秋，修窖仓。

季冬，令百姓清点种子，整修农具，准备好新一年的耕种。

然而用月令、节气规定的只是每个农耕程序的大致时间范围，不同地区、不同作物品种的具体播种时间还有不同，例如敖汉天气回暖晚，春播也晚。另外，谷子播种一般都在雨后，久旱不雨也会造成播种延后。因此《氾胜之书》[2] 才说种谷子没有固定时间，只要不偏离大概时间范围即可。具体的日期还需要用物候学的知识来矫正，古人把天象及其他动植物的自然生长现象和农耕过程相互联系起来，编成俗语和口诀，就成了农谚。

三、气象预警

农谚除了与月令合用以便矫正具体生产环节开始的时间以外，还被广泛应用于预知气象灾害和收成，这一点在自然环境脆弱、灾情严重的敖汉旗特别突出。翻开《兴隆洼镇志》，一条条灾害记录触目惊心：

“光绪十九年（1893年）夏，敖汉大雨七天八夜，山坡冲垮、河滩冲毁……

“民国十九年（1930年）夏，建平五区（含宝国吐乡）水灾严重，山谷纵横……

“1953年6月底，大雨三天冲毁禾苗19503亩，474亩坡地被山洪冲毁永不能复种……

“1984年8月间，24680亩农田受灾，1790亩颗粒无收，倒塌房屋539间，辅助用房2850间，倒塌院墙延长49050米……”

旱灾当然更为严峻，早在东汉建武二年（26年）就有连年旱灾、赤地千里的记载，清康熙、雍正、嘉庆、光绪年间仅记载需赐帑散米赈济的就有5次之多。中华人民共和国成立后，仅20世纪50年代就有4次大旱

兴隆洼镇兴降沟俯视景象（朱佳摄）

发生。2000年，是宝国吐乡有记载以来受旱灾最为严重的一年。全乡14个行政村，127个村民组1.8万人受灾。绝收面积达15.5万亩，造成粮食减产2350万千克，农业直接经济损失2600万元。因旱灾造成新种草3万亩全部枯死，新造林油松全部死亡，全乡水位下降3~5米，致使14个行政村，2600户10000多口人饮水困难。

面对灾害，人力或许不能扭转洪流的方向、改变干旱的局面，却可

平安屯被冰雹打伤的谷子和前来捣乱的小猫（朱任摄）

以早做预防，提前转移抢收来达到防灾减灾的目的。当今，我们有气象预报，灾害预警，然而，在科技远不及当今发达的中国古代，敖汉先民得以依赖的只有物候农谚！关于预测气象灾害的俗语，在我们此次调查所收集到的农谚中也占了很大比例。

雨，是所有天气现象中对旱作农业生产影响最大的，甚至贯串了整个生产过程。贾思勰说“凡种谷，雨后为佳”，当地人说“敖汉、敖汉，十年九旱”。农历四月不下影响春耕，六七月不下影响生长，八月下了耽误收割和打场。雨不下，愁；下得不合时宜，也愁。2016年秋到高家窝铺采访时我问魏大爷：“今年咱们秋收是不是晚了？这都中秋以后了才开始收。”大爷一脸无奈地回答说：“今年雨下得晚，播种得也晚。俗语说‘春雨早一日，秋收早十天’嘛！六七月也旱，七月底才下了这么几场雨把庄稼催起来了。这不你们来之前，该收黍子时又下上了，就得往后推。”

因此，敖汉人密切地关注并总结周围一切与降雨有联系的现象，不但有“老云接驾，不刮就下”“月亮毛乎乎，不下雨，就刮风”“天上鱼鳞斑，地上晒谷不用翻，天上龙鳞斑，下雨不过三”这样根据天象来判断是否下雨的农谚，还有“缸穿裙、山戴帽，蚂蚁寻乡、蛇过道”这样根据动物和自然现象进行预测的农谚。其中“山戴帽”这一现象，在宝国吐乡特别灵验，因当地有一座神奇的大王山，过去半山腰有一座小井能出泉水，当地人以为圣水，无论是求雨还是治疗急症都去那里取水。每次大雨前大王山山顶上就会云雾缭绕，远观仿佛戴了一顶帽子一样。当然也有注重各月份、各节气之间相互联系的，如“大旱不过五月十三”“有钱难买五月旱，六月连天吃饱饭”“上元无雨多春旱，清明无雨六月阴”等。

雨下多大、多久也是不可忽视的问题。下小了墒情不够，下大了可能形成涝灾。因此，类似“当天下雨当天晴，三天过后还找零”“东虹日头西虹雨，关门雨下一宿（敖汉方言读xǔ）”“早上下雨一天晴，晚上下雨到天明”“旱时东风难得雨，涝时东风无晴天”这样的农谚在敖汉也很常见。

另外，雹是敖汉旗旱作农业又一大天敌。冰雹来袭往往是突发性的，不易防御，又时常伴有雷雨大风，扭折植株茎叶，打落花朵果实，破坏性巨大，严重时甚至颗粒无收。2016年我正谋划前往敖汉拍摄秋，忽然接到敖汉农业局的消息，敖汉北部的长胜镇遭遇冰雹。现场传过来的照片触目惊心，田地里即将收获的玉米被砸得东倒西歪。9月自长胜取道响水，沿途的葵花被彻底砸秃了秆子，一个个弯着硕大的头颅在田里，远远看去好似一排排小拐棍。

冰雹的形成源于气流剧烈的上升将云层中的水汽带上寒冷的高空（雹云云顶最高可达零下40~零下30摄氏度），水汽遇冷迅速凝成冰核并在下落的过程中不断吸收水汽，如同滚雪球一样越滚越大，形成直径5~50毫米不等的冰雹。因此，高山丘陵等地形复杂多变的地带是重灾区。敖汉在收获季节就十分容易遭受雹灾。2016年9月，我们从皮影艺人陈连昌那里得知宝国吐乡平安屯曾经有一座雹神庙，每年农历七月十五当地几个村落的百姓都要到那里焚表上香祈求雹神爷开恩。一进村，我就看到一对夫妇正在收谷子，连忙举起相机准备拍摄，那大叔却说：“就这谷子还拍呢？长得不好。”

“是缺水旱的吗？”我问，“可是高粱长得不错啊。”

“这个？雹子砸的。这不是叶子都秃了，也倒了。高粱出来得晚，没砸着。”

我又问雹神庙的旧址所在，却不想这片前不久刚刚被冰雹肆虐过的谷地就在雹神庙的近前，相距不足50米。

据当地村民张凤玉说，当地几乎年年有雹灾，有时候一年要下两三次，在长期与雹子做斗争的过程中当地人总结了一套预防经验，叫作“一感冷热，二看云色，三看闪电横竖，四听闷雷拉磨”。就是说天气异常闷热时可能有强对流天气产生，云层内剧烈翻动好似打架一般，云边一般呈黄色，而且雹云的闪电一般是横闪，打雷声音拖得老长咕隆咕隆地响个不停，如同拉磨。距离平安屯不远的范杖子也有“黄云彩、上下翻，大雹子、必能摊”的传统俗语。清初地理学家刘献廷在《广阳杂记》中记载，今甘肃平凉一带人，见黄云乍起，便以金鼓为号，向天空发射土炮击散黄云，使作物免灾的防雹方法，也从侧面证实了黄云与冰雹的关联。[3]

当然，像“处暑不出头，到秋喂老牛”“高粱过了虎（虎口），就能打两斗”“七月十五定旱涝，八月十五定收成”这样预知收成的农谚在敖汉也很常见，毕竟像旱、涝这样的重大气象灾害，即便是预知了也很难以人力相抗衡，能够尽早预知收成方便随时抢种，避免颗粒无收也是可以救命的应急之举。

四、现代气象

现代气象学的兴起，就某些方面而言无疑是农民的福音。

首先，现代气象观测对部分天气现象的预报更为准确。例如敖汉许多农户家房前屋后都种了“姜丝腊”，这花一旦开花就预示着大地即将上冻。而天气预报则可以准确预报何时气温降到0摄氏度。再如应对下霜冻伤作物，方法是在农田周遭堆上秸秆，然后根据风向在相应位置引燃（如刮西北风就在西北方向引燃），使烟正好吹到田里，形成保护。然而，古人根据物候判断霜期只能预估个大概时间，点火过早过晚都达不到最佳效果。而气象站建立以后，这个临界值就很容易测算出来。只是当时的信号传递方式仍然落后，为了及时传递，一般都用“三八大盖”发射信号！两声枪响即将到达0摄氏度，人员就位，三声枪响点火焚烟。因此，《兴隆洼镇志》上才会有“1956年，宝国吐气象站使用土地21.7亩……地方武装部门为本站配备步枪一支”的奇特记载。

其次，现代气象学还着眼于对灾害的量化研究。下雨捡冰雹，是自动观测化以后基层气象工作者最为艰苦的任务之一，宝国吐乡气象站的王焕平对此深有体会。冰雹降落时多伴有雷暴、暴雨，往往是门刚一拉开一股腥风就卷着雨点冰雹拍进来，一出屋就好似挨了一顿胖揍。为了保护头部不受重伤，工作人员往往要顶着脸盆外出作业，然后一边忍受着冰雹砸在身上的疼痛一边在空气稀薄且暴雨滂沱中不断摸索。因为按要求，冰雹的数据收集，除了要测量最大、最小两种冰雹的直径和重量以外，还需收集大、中、小号冰雹各3个，然后分别测重求平均数。这样才能使上级单位及时对灾情进行分析，为下一步人工干预和抢险救灾做出指示。

然而，现代气象学的数据分析实质也是一种事物之间关联性的总结，如降雪与气温和云层的关系，甚至也需要农谚的辅助，事实上，早在1958年5月，内蒙古各地就开始了“天气谚语”的搜集工作。历时一年，共搜集到了1700多条，筛选审查出了反映天气变化客观规律的有246条，编辑成《内蒙古天气谚语》，于1959年9月出版。诸如“早烧阴、晚烧晴”“秋季透雨、霜期远离”等谚语，对长短期天气预报的制定都具有非常重要的参考意义和验证作用。而内蒙古自治区气象部门也依然沿用大气预报与实地观测、历史资料、群众经验（即物候法）四结合的农业气象预报方法。

值得庆幸的是，当今敖汉也在做着农谚搜集的工作。

注释

[1] [汉]高诱注：《吕氏春秋》，上海古籍出版社，2014年，第622页。“是以得时之禾，长稠长穗，大本而茎杀，疏穖而穗大，其粟圆而薄糠，其米多沃而食之强。如此者不风。先时者，茎叶带芒以短衡，穗钜而芳夺，秮米而不香。后时者，茎叶带芒而末衡，穗阅而青零，多秕而不满。”

[2] [西汉]氾胜之、[东汉]崔寔著：《两汉农书选读》，农业出版社，1979年，第1页。

[3] “夏五、六月间，常有暴风起，黄云自山来，必有冰雹，土人见黄云起，则鸣金鼓，以枪炮向之施放，即散去。”

兴隆洼镇沟谷纵横的地貌（朱佳摄）

奇怪的是他却带着一杆秤，不称粮食不称金银，每到一个地方就抓起一把土称称重量然后摇摇头，疲惫地挑起孩子继续走，一直走到山湾子，发现这里的土最重，才停下脚步，在这里落地生根……

一、称土定居

敖吉乡山湾子一带流传着这样一个传说，清雍正年间有个叫张景实的人从山东逃难过来，身无旁物，只有两个柳条筐挑着两个儿子，半路讨饭还丢了一个，奇怪的是他却带着一杆秤，不称粮食不称金银，每到一个地方就抓起一把土称称重量然后摇摇头，疲惫地挑起孩子继续走，一直走到山湾子，发现这里的土最重，才停下脚步，在这里落地生根。而后张家果然在此开枝散叶，不但生意越做越大，还诞生了清末最后一班进士之一的张履谦。

当地人认为张景实选择山湾子落脚是因为这里的土好，风水也佳，甚至还流传着给张履谦姥姥迁坟时发现墓中瓦罐的水里有活鱼的传说。且不管这个说法是否有自夸的嫌疑，按重量定土质或许还真是有道理的。因为土壤的含水量和腐殖质多自然会重一些。其实，即便是不懂农业的人也知道黑色土壤的肥力好，腐殖质多，但肥力只是衡量土壤好坏的一个标准而已，想要营造作物生长适宜的环境，保墒和透气性也很重要。

其实，我国古人对土壤的关注由来已久。《史记·周本纪》中就说先祖弃“相地之宜，宜谷者稼穑焉”，《诗经·大雅·生民》中也说“诞后稷之穑，有相之道”，即我国从后稷的时代就已经开始“相地”种谷了，只不过这里的“相”不仅区分土壤，也区分地形、地势。

譬如《礼记·月令》中说孟春之月“善相丘陵、阪险、原隰，土地所宜，五谷所殖”，就是要对什么地形种什么作物、何时种植进行区分。因为不同地形、地势对土壤的积温和保水量有着很大的影响，进而决定种植的早晚。明代《马首农言》中说“原，谷雨后立夏前种之；隰，自立夏至小满皆可种”，就是说平地土壤湿度小应该早种，湿地土壤保水量大而阴冷可以晚种。俗语也说“谷雨种山坡，立夏种河湾”，

山湾子水库（朱佳摄）

因为山坡阳面地势高，日照时间长，积温就大。另外谷子抗旱不耐涝，土壤既要保墒还得能透水，坡地的水就不会淤积。敖汉旗地区中部、南部多低山丘陵，谷物基本上就多选择种在山坡上。出土8000年粟种的兴隆沟也是如此，要知道兴隆沟虽然有沟，人却住在坡上，谷子也种在坡上。

《管子·地员》最早将我国境内土壤分级分类并对应适宜耕种的植物，书中还提出了粟土的概念，认为上等的土壤应该“淖而不肕，刚而不觳，不泞车轮，不污手足”，就是说土壤要保墒，也要爽利、不黏腻。敖汉境内的土壤以中部为分界，南部土壤多褐土、栗钙土，是谷物种植的沃野，北部则逐渐沙化。敖汉先民很早就有利用不同土壤种植不同作物的意识，比如著名的双井荞麦、宝国吐地瓜。宝国吐土壤爽利适宜种植谷子也同样适宜种植地瓜，虽然也有日照时间长、早晚温差大的缘故，但和土壤不积水的关系也相当大。因为收获季节一旦降雨，而土壤又易积水，那么地瓜的含水量也会大就容易水，不甜。而宝国吐的地瓜甘甜沙瓤，虽然家家种植，却一出土就被收完，随我们前去调研的两位司机任师傅和孙师傅都想借机买些宝国吐的地瓜回去。荞麦则适合沙地种植。从新惠乘车去长胜就会路过双井的荞麦田地，踩在白色的细沙上面，软绵绵使不上一点力气，田间的小路也撒满了白沙。车行，留下纹路；风过，贴着地面流动，在阳光下竟有一种朴素自然的美感。

敖汉旗南部的谷物产区主要以褐土、栗钙土为主，其中褐土更好。在宝国吐乡兴隆沟中探险时，常能见到十几米高的巨大断层截面呈现铁红色，十分壮观，秋季对土地进行深翻以后也能看到厚厚的一层褐色土壤之下是夺目的红色，当地人说这种红土自宝国吐沿着风水山一直延展到牛河梁都有。我问随行的任师傅（本职是谷子站老板）这里的谷子好是不是因为这红土的缘故，任师傅说这叫褐土，褐土里的有机质高，氮、磷、钾也高，适宜谷子种植。但褐土为啥还有红色的，他也说不清楚。后来在小米大会上，我向土壤专家请教才知道原来褐土分为腐殖层、钙积层、黏化层和母质层，我所看到的红壤就是岩石风化形成的母质，因为富含大量的氧化铁而呈现红色，而耕作一般都在表层的腐殖层中进行。

但肥力和透水性再好的土壤都会随着使用衰退板结，尤其是化肥农药的破坏性更是巨大。战国以前没有这种忧虑，那时人少地多，可以轮荒、可以换田休耕；战国以后人口急剧增加，不得不开始连种，这和我们今天面临的问题一样，只是今天更严峻。因此我们不但要向以敖汉为代表的传统旱作农业学习如何相地，还要学习怎么养地！

按理说，农业离不开土壤，然而现代科技的进步，能在沙地兴建水库覆膜滴灌，不管土地的肥沃贫瘠，好像化肥一上场就解决了所有问题，完全忘却了古人在没有这些不可逆的科学技术时，是如何重视、利用土壤的。舍弃了先民们数千年的智慧，盲目自信的结果是地下水位下降，土壤板结，这时才来反省是非功过，只怕为时已晚。

二、深耕熟耰

首先，来说说保墒和预防板结。保墒就是保持土壤的水分。以敖汉旗为例，每年3月的8日、18日，各乡镇都要做关于土壤墒情的普查，一直持续到下过接墒雨。此后，每月逢3日、8日还要在牛谷吐、古鲁板蒿、宝国吐、新惠等处做定点监测。方法是每深10厘米取一些土样，用机器检测含水量。按含水量将土壤墒情分为三类：一类墒含水量12%，可保证春播按时进行，种子播到地里肯定能出苗；二类墒含水量在8%以上，相对较差；三类墒含水量低于8%，就不能播种了。而土壤板结就是土壤结成硬块，不但不能吸收水分和透气，也不利于根系生长，这都是长期连续耕作造成的。

因此，敖汉的农民每年在秋收完成之后和春耕开始之前，都要把地里的土翻一遍，并用磙子和耙子将土坷垃打碎、磨细。“当然也有时间紧赶不及的，就秋翻春不翻，或者春翻秋不翻。但是春翻没有秋天翻好。”高家窝铺的魏大爷如是说。

“为啥？”

“秋天地耕完了，有时间了就可以翻得深一点，翻得越深地越活，

挖地瓜的老奶奶组图（朱佳摄）

挖地瓜的老奶奶组图（朱佳摄）

兴隆沟流水冲击下的碎石、红壤与前头带路的小师弟（朱佳摄）

根越能往下生长。保水层也厚啊，翻10厘米跟翻20厘米能一样吗？再有，翻上来以后经过一冬天，有些有机质就发酵了，虫卵什么的也能杀死。”

“然后就把土块打碎吗？”

“这个时候不打，地湿。一般等春天，翻上来的土块干了，有时候一下雨它自然就开了。或者用磙子一边碾一边再打，干的就容易开。秋天还湿着，那不是越打越瓷实吗？”魏大爷说到这里做了个十分好笑又不好意思笑的古怪表情，夹在手上的烟都跟着颤悠了一下。我们也对自己几近于零分的生活常识感到羞愧。“那秋天翻地是不是也得等不下雨了再翻？”我忽然灵机一动，开了窍。

“对！”魏大爷点头看着我说，“太湿了翻也不行，那不都是泥嘛，黏性大都是块……”

后来翻看农书，才知道魏大爷所讲的正是古人说的“深耕熟耰”[1]。今天我们说耕地，其实常常和种地混淆。《说文》说“耕，犁也。从耒，井声”，可见原意就是用耒挖地翻土，也就是我们现在所说的翻地。深耕就是翻地要深，跟播种覆土的深浅没有关系，覆土太厚反而不利于作物出芽，或出芽后羸弱不堪。《齐民要术》中也像魏大爷一样强调“必须燥湿得所。若水旱不调，宁燥不湿”，认为湿土翻地，必然增大土壤黏性，造成结块。还引用谚语说：“湿耕泽锄，不如归去。”[2]如果必须雨后耕作，也一定要等到地面干燥到发白的时候才行。《吕氏春秋·任地》还对深耕的作用进行了解释，认为深耕一定要见到地下的湿土为止，这样才能破坏草籽及害虫的生存环境，达到“大草不生，又无螟蜮”[3]的目的。

耰，是碎土工具的名称，也代指碎土这项农活。而《齐民要术》中说耰就是后世的“劳”，就是用土覆盖种子的意思，因为覆盖种子之后土需要粉碎，所以也指碎土。这种说法应该是正确的，因为《管子·小匡》中有“深耕、均种、疾耰”，就是说耰要在播种后进行。这明显与魏大爷说的春天翻地之后就碎土的程序不一致，这是因为翻地和播种是在秦汉以后才分开的。故而西汉的《氾胜之书》中就说，要先打散土块再等待播种的时机了[4]。因此敖汉如今都是春季化冻后就翻地、碎土，等待降雨后让土表干燥后再开沟播种。这样疏松的土壤既吸饱了水分又透气不湿黏，覆盖在种子上也均匀没有缝隙。这是为了应对敖汉春季雨少，蒸发量大，又多风的恶劣气候，覆土均匀就不容易跑墒。

据魏大爷介绍，在覆土之后还要用磙子打一遍，轧一下，也是为了使土表结合，达到保墒的目的。

三、粪多力勤

《沈氏农书》中说，“凡种田，总不出‘粪多力勤’四字”，到了敖汉百姓的口中就通俗成了“种地不上粪，等于瞎胡混”。那么，如何保持土壤的肥力，也是我们必须向敖汉传统农耕学习的又一大法宝。且农家肥与化肥相较而言不但不会造成土壤污染，取材也源自生活肥料，可以说是一种朴素的循环利用方式。

堆粪（朱佳摄）

我国很早就有施用绿肥和土粪肥田的历史。绿肥就是用水和泥土沤烂绿色植物做出的肥料，王祯在《农书》中称之为草肥，认为杂草和泥混在一处埋在作物根下，经过腐烂是十分经济的肥田措施。只是这一点人们常常意识不到。现在敖汉人种田依然沿用西汉时期赵过推行的代田法，即在垄沟里播种覆土，待苗生长出以后，用犁在垄上破土，垄上的土自然滑向两边的垄沟，堆积在禾苗根部，相当于培土，既保墒又护苗。次年，在原本是垄背的地方开设垄沟，可以起到轮换休耕的作用。而且垄上破土还有一个好处，就是将垄沟边缘的小草压在土里闷死，腐烂发酵以后其实也就是王祯说的草肥。

再有就是利用人和动物的粪便。魏大爷同我们说：“人的粪便比牲畜的好，牲畜的粪中驴的不好，猪、牛、羊的不错，因为驴吃的草多，养料少。鸡粪种豆类比较好，丝瓜也行。牛、羊粪种什么都可以。”但是粪便容易烧苗，必须发酵，一般是将牲畜的粪便起出来和上土，发酵六七天直到泛白沫为止，再用毛驴拉到地里，准备捋粪。不单独起出来发酵的话，垫圈也可以。“垫圈就是将土和草等直接垫在牲畜的圈里，一层粪一层土和草，这样做的比起出来发酵还好，因为肥力都在汤里，尤其是下雨以后，肥力就流失了。垫圈就直接吸收在土里流不出去了。一般2月就得起出来，天冷都冻着，要砸开。”

“那咱们用过草木灰（王祯称火肥）吗？”我问。“以前也混着用，后来发现不行，它含碱，和尿（氮元素）一起挥发。但是一般是对茄子、洋葱管用，因为茄子含钾高而且怕重茬，草木灰钾含量就高，本身也有杀虫作用。”

调换种植不同作物也是敖汉旱作农业常用以调节地力的方法，也就是换茬或轮作。一般农户每年都将土地分成块，分别种植不同作物方便换茬。“作物有肥茬，有薄茬，就是种完以后地力有好有坏。大豆的茬雨水调和就会变成肥茬，而高粱谷子就是薄茬。因为豆类有根瘤菌，种植一年不用施肥也长得很好，但是高粱谷子连续种植就不好。”另外，据宝利格的陈国辉老人讲，当地还有一种叫作龙须草的两年生的草本植物，一般第二年暑伏收获。它的茬被换下后种谷子，效果比豆类还好。《齐民要术》中称换茬为苗粪，认为“美田之法，绿豆为上，小豆、胡麻次之”。其实，轮作除了利用作物肥田以外，将地分块种植还有防虫、通风的好处。因为不同品种的作物高矮和株距不一样，就会形成空隙。另外，经过一段时间的播种，植物根系中的毒素和专门侵害这种植物的害虫虫卵就会在途中沉积，换茬高产也有一部分是因为克服了这两个浮礼儿缺点。

注释

[1] 《庄子·则阳》长梧封人问子牢曰：“……昔予为禾，耕而卤莽之，则其实亦卤莽而报予；芸而灭裂之，其实亦灭裂而报予。予来年变齐，深其耕而熟耰之，其禾蘩以滋，予终年厌飧。”

[2] 凡耕高下田，不问春秋，必须燥湿得所为佳。若水旱不调，宁燥不湿。燥耕虽块，一经得雨，地则粉解。湿耕坚垎，数年不佳。谚曰：“湿耕泽锄，不如归去。”

[3] 《吕氏春秋·任地》：“其深殖之度，阴土必得；大草不生，又无螟蜮。”

[4] 和之，勿令有块，以待时。

坡地种谷（朱佳摄）

欢快的小毛驴 10

小驴就顽皮多了。仗着主人不舍得拴，就甩开小蹄子满世界撒欢儿。房前屋后、山上坡下随时会闪现它们的身影，专爱在你采访的空当儿“昂昂”地扯开喉咙叫上两嗓子……

在今日的敖汉旗，仍然随处可见毛驴的踪影。农忙时，它们被束缚在田间地头，或拉犁，或转磨，或为人驱使，驮着柴垛“颠儿颠儿”地走在凹凸不平的山间小路上，很是辛苦；待到农闲时，三两匹卧在树荫底下优哉游哉地吃草乘凉，却也十分惬意。若是偶然见到几个如我们这般的怪客凑上前来，噼里啪啦一通乱拍，它们也不恼，只当是餐后消遣顺带看个新鲜的景致罢了。

小驴就顽皮多了。仗着主人不舍得拴，就甩开小蹄子满世界撒欢儿。房前屋后、山上坡下随时会闪现它们的身影，专爱在你采访的空当儿“昂昂”地扯开喉咙叫上两嗓子。或是三两步蹦跶过来嗅嗅相机，有点好奇这个黑色的长鼻子怎么还可以从脸上拿开，十分可爱。只不过若是遇上几匹过分贪吃的，则又是另外一番“惊”喜了！至今仍记得我们第一次到大窝铺村采访的时候，正值7月农闲，蓝天碧草、古墙小道，一匹半人多高的小毛驴上蹿下跳地寻找着鲜草嫩叶，忽然发现了我们一行人，甩着尾巴走过来求蹭痒痒、求摸头，很是乖巧，只是一个不注意，就衔起了我的防晒服咀嚼起来，察觉到口感不佳后，便又去追逐下一个移动的目标，直到给每个人身上都留下一个带着新鲜泥土的唇印才悻悻走开。

不知我们这一群“鲜艳而不好吃”的家伙，是否给它留下什么印象，但至少我会时常想起它那欢快的步伐和可爱的模样，它是否还像当时一样贪吃呢?

事实上，不单是我们由衷地喜爱这里的小毛驴，敖汉人也爱驴。他们不但喜爱给毛驴头顶戴上吉祥的佩饰，平时也舍不得看到自家的宝贝遭一点罪。一次，我们到宝国吐乡采访一位铁匠，为了便于说明给牲畜挂掌的流程，铁匠特意去菜市场借了一头毛驴来给我们当场演示。街里街坊的，主人虽心有不愿却也不好断然拒绝，只得跟在后面碎碎念了

活蹦乱跳的“小坏蛋”（朱佳摄）

一路：

“好好儿的驴，你折腾它干啥玩意儿！这又不是雪天，路也不滑！”

“这毛驴子多好看！这一条街就数我家毛驴子最漂亮！你别给吓着！”

“哎，回家我媳妇还得念叨呢！好好儿的毛驴遭这洋罪干啥！看给我驴吓得，这大口喘气！它没钉过啊！”

“这得赔我两棵白菜，给驴补补，可别掉了膘……”

你说他碎碎叨叨吧，却又情真意切。若非亲眼见了钉掌不过就是把驴捆了修修脚垫，钉个楔子也不扎肉，不疼不痒的，单听他念叨，真是要令闻者动容，听者流泪了。只把铁匠气得哭笑不得地骂道：“我冬天给驴挂一副掌要70块！现在免费给你挂，你还念叨！”

然而，敖汉人为何如此爱驴呢？因为驴乃是敖汉旱作农业系统中最不可或缺的劳动力！虽然我国古代农业科技相当发达，早已发明了许多利用水力、风力作为动能的农机具，但旱作农业靠天吃饭，几乎没有水利设施可以利用，风力也只在扬谷子去除杂物这样的加工环节才能得到应用。因此，应用得最广泛的还是畜力。

然而，一谈起畜力，绝大多数人首先想到的会是牛！因为牛耕出现得太早，意义也太重大了。至少在春秋时代，铁农具和牛耕就已经普遍应用了。生产力也因此获得了极大的提高，以至于百姓大规模开垦私田，‘雨我公田，遂及我私’的井田制便遭到了破坏，国家为征税也不得不承认私田的合法化。但凡稍稍懂点历史的人都会对这些教科书似的语言表示熟稔。“孔子的学生冉耕字伯牛，司马耕字子牛”，更像是常识一样深入人心。再者，牛耕的普及面也广。北方的烈日之下、黄土岗上，老牛挽犁走过，掀起一阵烟尘；南方田里水面如镜，水牛四蹄从泥塘里蹚过，溅起水花无数，这些景象都根深蒂固地印在我们脑海里。王祯在《农桑通诀》中谈及养牛，第一句就直言牛是最切合农业需要的畜力，甚至提出要设立牛月[1]加以祭祀，来表彰它的功劳。

也就是说，一般情况下牛耕才是首选！健壮、老实、耐劳的牛无疑是农业民族的理想伙伴，驴怎么能取代牛对农业的重要性呢？单就力气而言就相差甚远。因此，驴耕在史官和文人的笔下往往是百姓生活困苦，不得已而为之的体现！例如《旧唐书》中就有：“而东畿民户供军之苦，至于车数千乘，相错于路，牛皆馈军，民户多以驴耕……”意思是说宪宗征讨淮西判将吴元济时，负责运输的车辆多达数千乘，东畿民户的耕牛尽数供军用以运输辎重，不得已改用毛驴耕地，实在是艰苦非常。清人蒋超伯更用“石乱不成路，车行常有声。荒山无鸟语，瘠土半驴耕”这样的诗句来烘托旅途的荒僻、孤苦。

然而，在敖汉旗旱作农业生产中，用途最广、吃苦最多的劳力都是那可爱的小毛驴。在山地，被广泛用于拉犁耕种的也是它！这究竟是为什么呢?

总结在敖汉各处调查得来的信息，驴耕在敖汉大概有如下几点优势：

首先，驴耕特别适合山地作业。敖汉地处努鲁尔虎山脉北麓，南部多丘陵，山势环绕，高低错落，又不乏洪水奔流冲撞出的纵横沟壑，道路逼仄难行。毛驴体格轻小，脚程又快，因此特别适合在山地开垦运输。这一点在其他多山地耕种地区的方志中也有体现，例如河南省《灵宝县志》里就有记载：“灵邑山岭重叠，川流纵横，交通最感不便。除城东二十余里平原可以行牛马大车外，其余均系山僻小路，逼窄异常。一切耕田、转运多用驴力……灵邑今日，至无人不以驴耕，且有欲买一驴数年不得者。”由此可见驴对于山地耕种的重要意义。在敖汉调查的过程中我们也发现，驴耕主要分布在山区，因为山地耕作坡度大、碎石多，耕作需要格外灵活；至于地势较为平坦一些的村落，选择牛耕的就相对多一些。即便是现在各种播种机、收割机盛行的年代，如赵宝沟一代的山区依然保留着驴耕的传统，因为大型机械虽然快捷省力却不灵活，对地形的适应性差。

其次，二驴并耕的拉犁方式和敖汉旗土壤干燥爽利的特点减小了毛驴力量上的弱势。一般人认为牛比驴更适宜耕种，无非是看中牛的力量大。事实也确实如此，一般来说一头体态强健的公牛单套拉车载重可

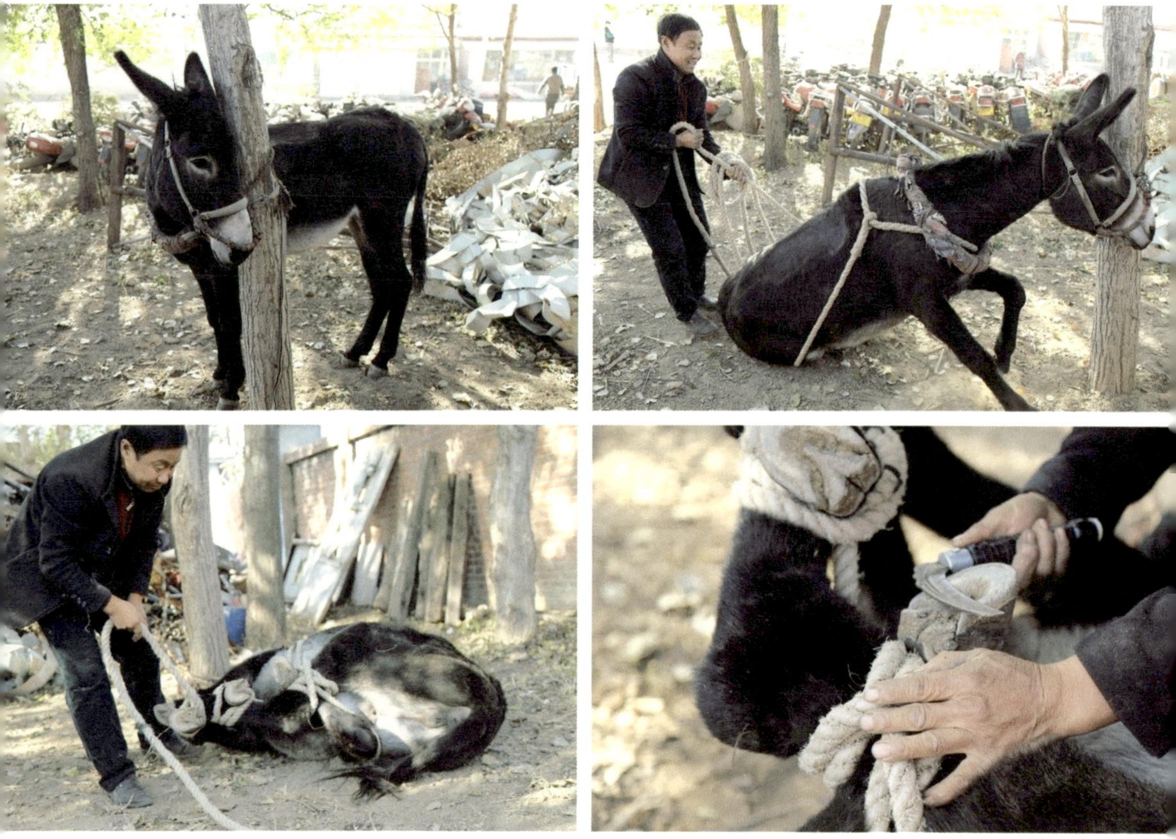

挂掌组图（朱佳摄）

达750~1000千克，而著名的“关中驴”单套拉车载重最多也就500千克（骡子作为驴和马杂交的品种虽然力气比驴大，耐力也好，但是不能自行繁殖这一缺陷始终制约着这一物种的发展，因此不再详细比较）。因此，驴在力量上确实输给牛。但高家窝铺的魏大爷讲：“用牛还是用驴拉犁，都要用两头，两头驴也拉得动。”由此可见，虽然牛力气大，但是两头驴耕作也够用。况且敖汉旗土壤干燥，沙性强，不似黄河流域土

戴配饰的小毛驴（朱佳摄）

戴配饰的小毛驴（朱佳摄）

壤湿黏，因此不需太过费力。

再次，毛驴的轻便迅捷更适合旱作农业的特点。从前面的采访中我们不难得知，旱作农业讲求的是深翻浅种，多次耙、挞，即一般而言播种深度在两三厘米即可，只在秋天翻地时相对较深。翻地固然要深，这点牛力气大确实相对有利，但上翻上来以后重在耙、挞以弄碎土坷垃，达到疏松土壤、抗旱保墒的目的，故而时常需要小驴拉着磙子来回碾轧，再磨平磨细。再有，禾苗长出以后还要用磙子轧一遍增强幼苗的抓土性，耘地时也需要毛驴拉着磙子在垄上行走。牛体形庞大、行动缓慢，就不适宜这样的劳作了。记得2015年7月间，我们在当地拍摄毛驴耘地时，必须提前摆好机位再等小驴拉着犁从我们面前经过，然后紧拍几张，待到驴走了过去，再转身追出数十米拍摄远景，往复几次就会累得呼哧带喘了。

复次，敖汉旗十年九旱，气候干燥酷热，想要在如此恶劣的条件下拉着犁在田间播种除草，非得带有与生俱来的耐旱基因不可！而现代DNA学研究表明，中国家驴起源于炎热干旱的东非地区，它的祖先是毛色红棕、腿有斑纹的非洲野驴。由于驴的祖先生活在干旱炎热的非洲，现代家驴也同样继承了耐旱、耐饥饿的优良品质，可以数天不食，饮水量也小，甚至能在炎热的沙漠、荒漠和半荒漠的生态条件下生活和劳役，故而特别适宜在敖汉旗这样干旱少雨的地区落地生根。兴隆沟的滕爷爷也说："驴没有牛娇气，牛爱得病，吃的也挑。"

"驴什么都吃吧？我看农闲的时候，它们就在一边吃草。"我问。

"嗯，什么都吃，好养活。"

最后，驴的用途广、经济效益高，是牛耕在部分地区被驴耕取代的直接原因。驴不但适应耕种过程的各个环节，还能运输、拉磨，因此家家必备。而驴又比牛的价格便宜，还好养活，因此更适宜经济条件不是很好的家庭使用。当然，毛驴性情温驯，不如马性烈，也没有牛脾气大，非常容易驱使也是原因之一。魏大爷说：“毛驴好养活，也听话，家庭妇女也能用它。牛就不行了，男人用它都费劲。”我恍然大悟地搭话：“现在妇女是主力了啊！男人都出去打工了。”

“对，对！现在牛就更少了。我们还有驴挠子呢！”

“驴啥？”

“驴挠子。”说罢大爷捻了烟，去院子的角落里给我们翻出了一个像小锄头一样的东西。下面是木头把，类似锄头的地方是一块带锯齿的铁片。

“这是……像刷毛那样用的吧？”我忽然想起了某种给大型犬梳毛的梳子。

“对。就用这个一挠，甭管多倔的牲口，保管特别服帖。”我们见了不由得哈哈笑起来，原以为不听话要打的，未承想竟是给驴挠痒痒，拍“驴屁”。我不由得想到以前学历史时，看见《秦律十八种·厩苑律》里有若牛因过度劳累，致使腰围减瘦，每减瘦一寸，笞打主事者十下的规定。农业民族对牲畜都是极其爱护的，哪里舍得打呢！

必须指出的是，驴耕虽然在敖汉旱作农业生产中占有至关重要的地位，但普及的时间却可能相对较晚。因为，驴传入中国并应用于农业生产的时间

驴耕（敖汉旗文化局于海永摄）

本身就相对较晚。敖汉旗大甸子乡的柴占义老师曾给我们讲过一则在当地流传了很久的毛驴起源传说。他说毛驴原本叫作“嘚嘚”，乃是玉皇大帝驾前的一位小神。一日玉帝正在大殿端坐，隐约听到民间有百姓正在啼哭，肝肠寸断，甚是惨烈，便差遣嘚嘚前去打探。嘚嘚腿儿快，不一会儿便回来禀报说是凡人寿命短暂，一旦死去就有亲人啼哭。玉帝心生不忍，便派嘚嘚前去人间遍洒长生不老药，使凡人超脱生死。哪想嘚嘚不耐天气炙烤，竟在松柏下乘凉间昏昏睡去，一觉醒来已是太阳西沉，眼看便要错过交差的时间，只得将长生不老药随意洒在松柏之下便回去复命了。松柏因此得以常青，而凡人的寿命依旧短暂，嘚嘚也因此被暴怒的玉帝贬下凡间拉犁锄地、推碾磨磨以供百姓驱使。

但据史书记载，驴传入我国新疆地区最早也是殷商时期的事儿了。汉初虽有少量毛驴流入中原，奈何物以稀为贵，只能供皇室贵族赏玩。《后汉书》[2] 就提到过，汉灵帝特别钟爱白驴，曾在西园中亲自驾着四匹白驴游乐，公卿贵族于是竞相效仿。因此顾炎武在《日知录》中才说：“自秦以上，传记无言驴者，意其虽有而非人家常畜也。”那么驴是何时进入寻常百姓家，为人驱使耕种的呢？《太平御览》说直至董卓之乱，天子流离，驴自然也流落到民间“服重致远，上下山谷”，为乡野村民所驱使，从此再也没了“帝王君子之骖驾”的样子了。

敖汉的驴耕起源得可能更晚。据中国第一历史档案馆整理编译的《内阁藏本满文老档·太祖朝》记载，后金天命九年（1624年），清太祖努尔哈赤晓谕复州、盖州（地属今辽宁）之蒙古“留藏种子，以备本年耕种……无牛之人，以马、骡、驴耕之”[3]。这是内蒙古东部地区首次出现驴耕的记载，敖汉与之同属内蒙古东部地区，驴耕极有可能自这时才开始出现，因为良好的山地适应性等天然品质逐渐超越牛耕，在敖汉越来越普及。

注释

[1] [元]王祯撰：《农书译注上》，齐鲁书社，2009年，第5页。“然牛之有功于世，反不如猫虎列于蜡（zhà）祭。（古代十二月祭祀百神，猫捕田鼠，虎捕野猪，保护庄稼，所以祭祀，但是不祭牛）典礼实有阙也。尝考之，牛之有星，在二十八宿丑位，其来著矣。谓牛生于丑，宜以是月致祭牛宿，及令各加蔬豆养牛，以备春耕。请书为定式，以示重本。”

[2] [南朝宋]范晔、[晋]司马彪著：《后汉书》，岳麓书社，2009年，第1120页。“灵帝于宫中西园驾四白驴，躬自操辔，驱驰周旋，以为大乐。于是公卿贵戚转相仿效，至乘辎軿以为骑从，互相侵夺，贾与马齐。”

[3] 中国第一历史档案馆整理编译：《内阁藏本满文老档·太祖朝》汉文译文，辽宁民族出版社，2009年，第216页。

午后的阳光是金黄的，谷穗也是金黄的，老奶奶上了年纪，拿起谷子的动作已经有点缓慢了，但当她将一把谷子横着举在面前，沉甸甸的谷穗就自然垂下了头，然后手起刀落那么一甩的动作却一气呵成……

一、高家窝铺的藏宝室

《农书·器用之宜》中说：“故凡可以适用者，要当先时预备，则临事济用矣。苟一器不精，则一事不举，不可以不察也。”足见农具的重要性。在敖汉旗高家窝铺村便有一座神奇的藏宝库，将敖汉旗旱作农业所用的农具，悉数搜集齐全。

“十个全覆盖[1]以后，村里兴建各种便民措施，办起了农具展览馆。想法倒是早就有了，东西也从以前就开始搜集，就是想让孩子们看看这些传统的东西。那什么，你们过去吧，我找人给你们开门。”电话沟通中魏书记对我们说。那天正值中秋，打谷场上十分热闹，一位正坐在地上削谷穗的80多岁的老奶奶吸引了我的注意，一边对着她拍了又拍，一边听正在打场的大爷抱怨今年的谷价，磨蹭到展览馆时，管理员魏大爷已经等候多时了。熟悉前文的朋友一定会意识到，这魏大爷就是那位为我们详解农耕各项环节的行家，这是我们第一次与他相见。魏大爷是1948年生人，15岁辍学以后开始务农，曾担任过生产队队长和村会计，对农业生产十分在行。因而一旦讲起和农业相关的话题就句句戳中奥妙，一个捆草的绳结都能讲出七八种门道。

推开展览馆的大门，看到地中间和四周不但都做起了地台，还铺上了暗绿色的绒布，各式各样的农具就陈列在展台之上，真让人有麻雀虽小五脏俱全之感。靠门口摆放的是一磨、一碾，魏大爷说：“都是村里留下的旧物，以前就用它们加工粮食，现在不用了摆在这里展览，但是也能推，谁家要用也能用，所以周围就不铺地了。”魏大爷十分热心，我请他按照农事活动的顺序帮我们逐一讲解，他说了声“中”就拾起了地中间的一整套木构器具。

捆谷子绳结的打法（朱佳摄）

二、犁上的机关

“知道这是啥不？我们这儿叫牛样子，套在牛背上的。”大爷拿起两个中间弯折的木梁说，“这是犁，比较简单的。春天翻地或者播种开垄沟的时候，都是前面是牛或者驴拉着辕，人在后面扶着梢这么走。”

我扶着犁感受了一下粗糙的木头纹理，这犁比之前在大窝铺村见到的用几根铁管弯成的犁更加任性，手臂粗的犁辕看上去就是一根草草刮去外皮的树枝。“人扶着就是别歪了吧。”我问。

“深浅也得控制。这个还有犁箭，没有的就是竖着穿过横梁的这个，一推就竖起来就长了，犁铧向下可以深耕，反过来就耕得浅。以前这上边还应该有‘评’，推这个，这块儿不是有个槽嘛。”大爷指了指

春播（敖汉旗文化局于海永摄）

犁辕上的空槽说。我忽然想起之前查资料看到《耒耜经》里所说“辕之上又有如槽形，亦如箭焉，刻为级，前高而后庳，所以进退为评”，想来说的就是这个，先前还不能理解，非要看了实物，自己操作了才明白。“那没有咋办？”

“没有就得抬着，抬起犁把，尖不就向下嘛，耕得深，下压就浅。”

“哦哦。”我抬起犁把试了试，想象着再加上土和石块的阻力，一定不是个轻松的活儿，这才觉得犁这个设计真是巧妙，“好像机关一样啊。”

“那可不，一个犁就是一个小型机械，这个也是简单的，复杂的前面加刀割草，后面是犁铧翻土，在铧后面再加一个横的木头把土碾碎铺平，尾部单伸出一节木头开沟。好多都是自己改良的，随便组合。哪儿不好用了，坏了，也能自己拾掇好。现在那农机具就不行了。”

“哦，那啥是犁壁？”好不容易逮到个明白人，我一股脑儿把之前听说过却对不上的名称问了出来。

“犁壁应该安在这儿，”大爷指了指犁铧上面的部分，“犁铧破土嘛。土就往上堆到犁壁这儿，有些犁壁还可以朝两面转，但一般用的时候歪在一面，就把土翻到一边了，起垄了嘛，草啊什么的，也捂到里头就压死了。”

“那干吗两面翻啊？”

“它得回来啊！”大爷被我们蠢得哭笑不得地说，“你不能开过去了，扛着犁回来还从这边儿走啊。来回走，不就得翻犁壁让土都往一个方向堆吗？簸梭也一样啊。”

“簸梭是啥？”我隐约想起搜集敖汉民间故事时好像有个故事叫作“飞天簸梭大战海力王府”的，大意是讲一位女中豪杰反抗当时的蒙古贵族压迫，飞出一簸梭就能打得坏人抱头鼠窜，于是获得了这么一个称号。但是簸梭是啥，书上没有说明，以往只听过飞天蝙蝠、飞天燕子，簸梭不晓得是个什么兵器。

“就是这个。”魏大爷从地上拾起一个30多厘米长的木质“十”字，“十”字的横梁上穿着一根围成半圆形的柳条，“十”字的顶端连接着绳子，“这就是簸梭，覆土用的，也是挂在犁上。一般都是从左往右开沟，然后犁后头跟着点种的、捋粪的就走过去了。但是没有盖土的啊。你等犁往回走的时候，就把它挂在犁的右边拖着走，这不就顺道把左边刚开的沟给盖上了吗？再往过走，就得挪到犁左边了。”

“哦！太神奇了。怎么这么会省事。”我拎了拎簸梭，又甩了甩，又暗想被飞天簸梭打中的喽啰，不论是碰到哪个边角下场都不会好到哪里去。

“省劳力啊。不然还得有个人覆土，这不是一边开沟一边就覆土了嘛，两不耽误。”

“犁铧也是咱们村里自己制作吗？有没有什么讲究？”我问。

“那是铁匠做的。以前村村都有铁匠。”魏大爷说。

“那现在哪儿还有啊？”

“现在，前两年听说宝国吐那边还有，但是谁家就不知道了。你去那边再打听吧。”

后来在宝国吐，我们还真找到了一位姓张的铁匠，他家打铁的洪炉边儿上立着的闸刀都有50年的历史了。我问他的名字，他说：“你就叫我张铁匠就行，我家4代人出了19个铁匠，现在就剩我一个还干这行了，毕竟来钱少又辛苦。你一提张铁匠，别说在宝国吐了，辽宁都有知道我的，说本名反而没人记得。”

我急切地向他询问了一些铁农具里的门道，他颇有些自豪地说：“这你可算问对人了！比农民更懂农具的一定是制作农具的人。他能不懂怎么做吗？这还不像现在工厂有图纸，铁匠打铁没图，全在脑子里。你别说形制、别说用途，单是每个用具怎么使劲你都要明白才能打，打出来才好用！过去都是街里街坊的，你不好用人家就找你来，不顺手你得给人家修改，适合他本人用。用现代话说我们那就是私人定制，大机械化生产总不能满足每个人

簸梭（朱佳摄）

磙子（朱佳摄）

的自身需求，尤其是劳动用具，人体都是有差距的，顺手很重要；不同生产环境所用的器具也不一样啊，比如你问的犁铧，平地用的15厘米左右，山地用的10厘米就可以了。为啥？山地多石头阻力大，就要小，以减少阻力，宽了就不好使。但是还要根据具体情况，山地坡度多少，石头多少。”

当然，这都是后话了。

三、点葫芦起“舞”

“这个是点葫芦头。”魏大爷又拿起了一个稀罕物件，一根足有七八十厘米长的管子，前端有方形的小口，尾部接一个圆形囊，“点种子用的，种子放到这个圆的里面，这有个口，播种的时候根据种子的大小和播种的疏密，插上几根柴火棍，调整缝隙大小。再用小木棍一敲，种子就掉出来了。也有在口边儿绑几根秸秆的，老百姓叫‘胡子’。”

“为啥叫葫芦头？”

“像个葫芦，这不后面有个大肚子，小口。”

“这个圆形的以前会不会是用葫芦做的？”

“那可能，但是我见到的时候就改用猪尿脬了，结实耐用，现在也有用塑料壶的，什么都行。”

葫芦的事情我却就此放到了心上，一次在翻阅王祯的《农书》时见他提到了一种名叫“瓠种”的播种器，跟点葫芦头颇为相似，大为欣喜。王祯说这种葫芦可以装“斗许”，做法是“乃穿瓠两头，以‘木箪’贯之”，大体像是一个被木棍穿刺的葫芦，木棍的下端刺有若干圆孔用来出种。使用时平放，在葫芦一侧开个口装种子，点种时斜着让种子顺嘴流进垄沟。我初看总疑心这种用一根木棍贯穿的做法的合理性，怀疑应当是两节木棍，下端出种子的嘴是中空的才合理。后来发现金代还有类似的瓠种出土过，用的还真是一根木棒，精巧之处就在于给隐藏在葫芦腔内的那段木棒刻上槽，实现引流，种子就顺着槽流出来了。难怪王祯还要为它作诗称赞："休言瓠落只轮囷，一窍中藏万粒春。喙舌不辞输泻力，腹心元寓发生仁。农工未害兼匏器，柄用将同秉化钧。更看沟田遗迹在，绿云禾麦一番新。"[2]

对比起来看，今天的点葫芦头省去柄，直接握住七八十厘米长的嘴，制作起来更省事也更合理。当然，用起来讲究也大。一般来说，播种时都是力气大的男人在前面扶犁，妇女跟在后面点种，所以这其中的诀窍还要妇女来讲。2016年5月有幸请兴隆沟宗队长家的婶子给我们演示了一回。婶子性情开朗活泼，说话总是绘声绘色的，干起活儿来也特别利索，她边演示边跟我们说："都说扶犁累，累什么啊？你以为妇女点种轻松，这玩意儿灌上种子用个绳挂肩膀上多沉啊。我跟你说这玩意儿我们家你大爷都来不了！它有节奏的，得跟得上趟，还是个精细活儿。你大爷在前面扶着犁，我得跟上，一边走一边敲这个杆儿（点葫芦头的长嘴），口这儿虽然插上'胡子'能调节疏密，但是出多出少也得看你敲的力气啊！力气大不就多吗？走起来也特别费劲！因为什么啊？你得前后脚压着走，走一条线儿。这不是沟吗？种子撒进去，你得踩实了（种子）才抓得住土。就得这么着，这么着……"婶子怕我们不明白，一边说一边演示，她一手提着点葫芦头一手敲打，脚尖顶着脚后跟走如同猫步，走得快起来又像在跳舞。"这是谷子，高粱株距大空一脚半，苞米得两脚，我的脚啊，就得这么迈大步，这么走。"说着，婶子迈开大步，她个子不高，这一步真是跨出去的，可能演示略带夸张显得有点滑稽，但也可见妇女在田间的辛苦。

"哎呀这都不叫辛苦！你大、小宗哥长大了，他俩跟在我后面捋粪

魏森大爷讲解点葫芦头（朱佳摄）

轻松多了。捋粪见过吗？一只胳膊挎着粪箕子，一只手这么往沟里捋，盖在种子上，哎，就这么着……”我们大笑着看婶子演示，她熟练的动作实在太快了，我们都好像在看卓别林的《摩登时代》一样。

“宗哥小时候，您点完种子还得捋粪啊？”我问。

“不是，”婶子摇头似拨浪鼓，“那能来得及吗？把粪和种子掺和一块儿装进葫芦里，这么一点不都出来了吗？”

“那也很方便啊。”

“累啊！再背上粪袋子，多沉你算算。”

“之后就该打磙子了吧？”

“你还知道打磙子呢？”婶子问。

我说：“知道，以前听魏大爷讲过，用毛驴拉着石头磙子把簸梭覆盖的土压实一点，风吹过去也没有缝隙，防风保墒，种子还抓土。”

四、锄头底下二两油

“锄头底下二两油，不就是说间苗和除草很重要嘛，这个就是锄。”魏大爷指着锄头对我们说，“锄得越细越多越好，不能只锄一遍。我这里还缺个耘锄，驴拉着耘锄在垄背上走，土就滑到两边垄沟里去了，给苗培土了，长在边儿上的草也压死了。”

寻到张铁匠那次，我们还有幸在天黑后见他亲自打过锄头。现在打铁农具的少了，他不得不兼营了彩钢和电气焊，铁匠铺子就被挤在墙角的一处小矮房中，洪炉占了1/2，只留下烧火和砧子前两个人抡大小锤的地方。我们进去根本错不开身，只能把相机架在老旧的窗户上往里拍摄。10月的敖汉已是寒冬，入夜也不见附近人家的灯火，铁锤敲击碰撞出来的火星儿就显得格外炽热、格外炫目。“打农具的原料都是收上

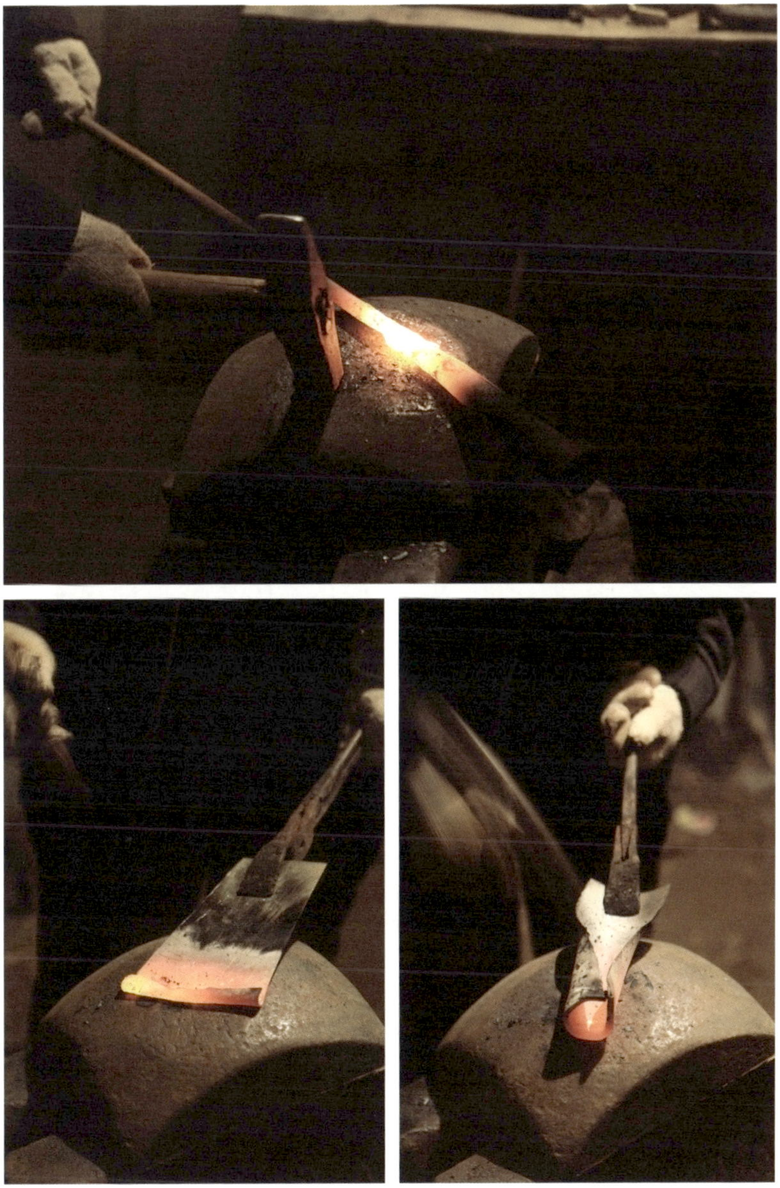

铁农具——锄头制作组图（朱佳摄）

铁农具——锄头制作组图（朱佳摄）

来的废铁，你说拿矿石，那得费多大劲啊。就是把废铁烧化了反复叠打提纯以后，预先做成铁板、铁条。用的时候看要打什么农具，就裁个大小差不多的烧热了修修，焊实了就行。可快了。”张铁匠边生火边说，“就是煤必须得讲究用北票产的金粉煤，温度高，又耐烧，别的煤就不好使。我父亲那辈，煤不够烧，还要在里面掺上小米一起烧才能用来焊接车轴这样的大件器物。但是什么原理我就不知道了。”

“锄头分为铲面、曲柄及把（手柄），先打哪块儿都行。比如你要打铲面，就选薄铁板，裁个半圆，之后再烧，再修修就得了。打锄把，麻烦一点，我给你打一个看看。”张铁匠一边说一边在铁板上裁取一块长腰梯形。用刀挑旺了火去烧铁板的底边，然后用锤子往上敲打，做出了1.5厘米宽的折叠边，“这是安木把用的。”接着把梯形竖着打成筒状，套在锥形铁管上打成可以手握的锥形筒状，锄把就做好了。又取了50厘米左右长的细铁棍，上端加热将锥形筒窄口套在铁棍上，反复烧打接合处，进行焊接。“这块儿就得注意了，好不好用都在这儿，锄头的曲柄接铲头那块儿有个弯儿，铲头距离铁棍的弯折处应保持一拳的距离，高低都不好用。以前还打两用的锄头，一面铲一面齿，要分草多草少，荒地不能跟田地相比，草多齿子就做稀一点，用5根，少则用7根。”

算上生火，一把锄头15分钟就打好，我们被这样的速度惊呆了。“张师傅，能不能给我们打个刀看看啊？”

五、飞刀取穗

“啥刀？”

“镰刀、削（敖汉方言念shào）谷刀什么的都行。”

“哎呀，那可费点劲，刀得加钢啊，然后再锉、再磨。就是当中加钢、两面放铁，打在一起。这样两边容易打磨，稍微一磨中间露出打得精薄的钢片，自然锋利。全钢、全铁都不行，现在市场上卖的钢刀之所以能切断铁丝并不是因为锋利，而是刀身重、速度快，作用力就大！但是那么强的硬度怎么磨？削谷穗、割谷子都不是凭蛮力，需要锋利啊！我们打的镰刀你要是连着割几天不好用了，坐田里就能磨，立刻就好用。”

“那您打过掐刀子吗？”

“那，没有。早了，都得是我爷爷、我爸他们那时候用的。现在一般都是镰刀割根，然后再用削谷刀砍穗。”

“掐刀子”是一种掐穗用的单刃方形铁片，铁片上有两个孔用来穿绳，使用的时候套在拇指上，左手拽住谷穗，右手移动拇指割穗。在兴隆沟滕振宗爷爷家里，至今还保存着这种古老的收割工具。据滕爷爷讲，七八年前他还习惯用掐刀子掐高粱，因为高粱秆挺实、穗多，大都是竖直的，单手就能操作。我也戴上试了试，拇指套在绳套里固定住，压在刀下的食指和中指就十分灵活，可以钩住高粱秆，拇指一划就断了。谷子单手就不行了，因为秆软，成熟以后就垂下去了，现在都用镰刀收割。

其实镰刀和掐刀子的雏形出现得都很早。敖汉在红山文化时期就出现了被命名为“方形双孔石刀”的收割用具，形制、用法同掐刀子别无二致，只是材质不同。古书里称之为“铚”，也叫作粟鉴。《诗经·周颂·臣工》提到的“命我众人，庤乃钱镈，奄观铚艾”的“铚”，说的就是它。其他地区也出土过半圆形的双孔石刀，此外还有无孔和两侧内收成腰，中间拴绳的石刀；敖汉旗境内距今10000年的小河西文化（榆树山、西梁遗址）还出现了单孔石刀，也是穿绳套在手上掐穗用的。掐刀子的流传或许是几经演化，古人认为是最合理的形制。镰刀早期可能是钩形的石刀。郑玄说《周礼·薙氏》里“掌杀草，春始生而萌之，夏日

掐刀子的使用（朱佳摄）

至而夷之”的“夷之”，就是用“钩镰迫地而芟之也”。这里说的“迫地而芟之”，可能已经为镰加了长柄。古人由采集过渡到农业，最开始都是直接收取谷穗的，直到意识到秸秆的用途才会贴着地收割。秸秆在敖汉用途就很广，生火、喂牲口、编席子和用来囤谷子的茓子都用它。

用镰刀收谷子砍根讲究“上打镰”和“下打镰”交错进行。滕爷爷收谷子的时候我们前去“捣乱”割了两把，就被嘲笑了，说你们那样割有劲儿也使不上。一位师弟更逗，怕砍到腿就用刀尖锯了两根，把爷爷

高家窝铺屯收割谷（朱佳摄）

的孙女都给逗乐了，说：“第一把都抓得少，镰刀在根部从下往上斜着提这叫上打镰；第二把抓得多，用镰刀钩过来，稍微压一压，镰刀从上往下斜着割叫下打镰，这么用力才对。”一家人割地，割得快的在前面开路，割完的谷子按距离一堆堆放好，将两把谷子的根部拧在一起做成绳子穿在堆下，其他人割完了就堆在附近的堆上。成捆以后系上“谷绳”晾晒好了再拉到打谷场割穗。

“为啥不晾干了再打捆啊？摊开放着不是爱干吗？”我又犯了傻。

“刮风，就吹走了，也掉穗啊。”小姑娘急得手舞足蹈地给我们比画着说。

每当提起削谷穗，我就会想起那天下午在高家窝铺打谷场看到的老奶奶。午后的阳光是金黄的，谷穗也是金黄的，老奶奶上了年纪，拿起谷子的动作已经有点缓慢了，但当她将一把谷子横着举在面前，沉甸甸的谷穗就自然垂下了头，然后手起刀落那么一甩的动作却一气呵成。我调整了快门想要捕捉下这精彩的一瞬，刀光一闪，“谷头”落地，只剩下镜头前飞扬的谷茬儿和尘埃。

我说：“奶奶您这身手可真利索！”奶奶说：“还利索呢，甩不开了都！现在年轻人都用镰刀削谷穗了，镰刀把有弧度，谷穗一垂下来刀就挥出去，又快又好使劲儿！”

虽然现在也有机器收割了，但敖汉人还是更青睐用镰刀收割，滕爷爷跟我讲兴隆沟以前也有大公司来包地，用的就是收割机，但是收不干净。“地高低不平，不行；苗不齐，不行，倒苗更不行；穗不饱满的，一收直接甩出去，掉得到处都是。我们还得捡，一天能捡200多斤，堆在宗队长家里都成山。那羊来地里捡吃的，它没吃过这么好的粮食啊，吃得都快撑死了！”

六、粒粒皆辛苦

削谷穗（朱佳摄）

"谷穗堆在打谷场上以后，用毛驴拉着碌子转圈跑，粒就掉下来了。"魏大爷指了指墙角的石碌子说，"现在多数都用车拉碌子打了，打得快也省事。以前一般都是男的拉着驴打场，妇女站在外圈清扫。"当时我已经在高家窝铺看了机车打场，想着毛驴打场也不会差到哪里去，就没有深究。2016年9月去二道湾子时路过西白马石沟，偶然看到一位大爷正在用毛驴打场，才觉得里面也有门道，赶忙下车前去套近乎。

"人站在中间，一般不大挪动。全靠绳子牵引，控制毛驴走大圈还是走小圈。"大爷一边说一边扯动着缰绳，毛驴转到身后的时候，他把缰绳在背后从左手换到右手，也不耽误和我们说话。

"大爷您今年多大岁数？"

"我？70多了。"

"啥？您看起来分明也就50多岁。"

"拉倒吧，我孙子、孙女都比你们大了。"

"那您这身手可够麻利的，我看这绳子控制得真好。"我说。

"我这可不算好的，以前我们村有人能两只手各牵一驴，一个走大圈一个走小圈，那才厉害呢。"

"您也不简单啊，现在用毛驴打场的都少见了，这一路上光看见用农用车打的了。"

田间打磨镰刀的滕振宗爷爷（朱佳摄）

毛驴打场组图（朱佳摄）

毛驴打场（朱佳摄）

“你知道我为什么用毛驴吗？这车打的啊，磙子还是那个磙子，可是车沉啊，又碾又轧的，打得是快，但是留种就不好了。”大爷把毛驴牵到一边说。

“留种？”我当时没听明白。

“留着当种子，或者绿豆泡豆芽，驴打的出芽率98%，我敢打包票，车轧的就不行。所以老远都有人来买我的绿豆，都知道我用驴打的。”

我们又停留了一会儿，观看这位老大爷扬场，但不敢轻易尝试。因为之前听魏大爷说过，扬场必须判断风向和风的大小，不能顺着也不能逆着，得斜对着，这样扬起来风一吹，粮食和杂物才会分开落在不同的地方。“现在都不成了，以前我们年轻的时候有扬得好的，力度和风向算得特别好，扬出去那粮食准能落在筐里。都不用扫。”

“圆磙子是碾子，圆盘是磨。一般用碾子去皮，磨磨面。”魏大爷指着碾子和磨说。

“去皮使用扇车扇吗？”我问。

“自家吃一般都用簸箕簸就行了，随吃随碾也没多少。多了还是用扇车方便。但是扇车也慢，先把谷子装起来，倒进去，再用手摇，再装袋子，折腾半天。”

我常常想，8000年前的兴隆沟人也应当是随吃随脱粒去皮的，就算从兴隆沟到赵宝沟的石磨盘已经从平的发展成凹的形制，加工起来仍然不会比碾子省力。然而这种随吃随加工的方式却延续到了今天，这不是生产力的问题，而是谷子带着壳耐储藏的问题了。

七、变废为宝

对敖汉旱作农具进行调查的这段日子里，听到最多的就是“新不如

宝国吐乡的张铁匠夫妻打铁（朱佳摄）

旧，还是祖宗留下的老工具好用”，调查谷物品种也是“还是传统的作物品种好吃”。然而敖汉8000年的农耕历史最能体现文明的进程是不断向前发展的：耕作方式由刀耕火种到耜耕再到犁耕，收割的工具由方形双孔石刀发展为镰刀，脱粒由石磨盘磨棒变成碾子和磨。农业发展，社会进步，农机具也在不断改进之中，我们一方面要保护这些老的传统，一方面也要破译其中的奥秘。传统的农具之所以好用，是因为久经历史考验，不断在生产实践过程中改进，才与当地的生产环境相适应。而这种久经考验的适应性，正是当代农机具难以具备的属性。我不想长篇大论，末尾就引用张铁匠的亲身经历给大家讲个有关“适应性”的小故事当作消遣吧。

张铁匠说他毕生难忘的就是2012年农历九月下的那场大雪，平地堆起50多厘米厚，庄稼都埋在地里将近一个月，许多大厂房甚至被压瘫痪。机动车没在雪里动弹不得，只能用牲口往回驮，挂掌的需求一下子就大了。那段时间张铁匠每天天不亮就得走，骑着只能挂一挡行走的小摩托，一天撑死能走60千米。农村的旱道还好说，有车轧，越轧越平，最怕的就是公路，一轧反而沟沟坎坎。前后一看见灯光，知道有车，人就开始冒汗！稍微一刹车，就忽悠一下子倒了。第一天出门，张铁匠足足摔了7次。好在车速慢，地滑，一倒就出溜出去，大棉袄二棉裤的穿得又厚。最难的是车一旦倒了就扶不起来，一扶一出溜，连人带车就能滑出去十二三步。一般一天的时间走路就用去2/3。就这么足足摔了四五天，他才找到诀窍。

“那也得去啊！老百姓都等着呢！”张铁匠如是说。突降的大雪让每个村子都措手不及。每到一个地方，还没进村子，别的村子的人就有堵在半路上来抢他前去挂掌的。“先上我们营子挂去。”三五个大汉没头没脑的就是这么一句。或者这个村子刚挂完留个电话，还没到家，别的营子的电话就又追来了。就这么一个传一个的，张铁匠连续工作了26天，先是往西北方向走，从敖汉的宝国吐乡一直挂到敖吉乡的丰原，将近120里地；接着又向东北走，又挂了足足50多里地才算完。这些范围内，一个营子挨一个营子，一个也不落。甚至走在路上碰到了需要挂掌的，直接就上前把毛驴捆了，按地上就挂，技术娴熟到都不超过10分钟。

“那真是太有意思了！”张铁匠如是说。

注释

[1] 2014年在内蒙古自治区农牧区工作会议上提出的一项旨在提高当地公共服务水平的措施，包含改造危房，安全饮水，街巷硬化、文化室建设等10项措施。

[2] [元]王祯著：《农书译注》（下），齐鲁书社，2009年，第446页。

削谷刀（朱佳摄）

尤其是粮窖的判断最不乐观，因为早期的窖穴内也可能混杂采集到的果实和捕猎而来的兽骨，而谷物纵然耐储存也架不住几千年的岁月摧残，或腐败或碳化，肉眼难以辨识，如若遇到部族整体迁移，那更可能是盆光碗净，或者干脆连盆子、碗都一起卷走……

一、穿窦窖，修囷仓

《礼记·月令》中说，仲秋之月要"穿窦窖，修囷仓"，在生产力相对低下的古代社会，挖掘窖穴储存食物对人类生存的意义恐怕不会比农业生产本身弱多少。有趣的是，我曾见一本书中称"窖的起源，源于农业发展"，这种观点显然是站不住脚的。否则在农业远没有产生的采集渔猎经济时代，先民们如何度过食物匮乏的漫长冬季呢？故而，非但窖的起源应远远早于农业，也不是所有的窖穴都是粮窖，或只储存农作物。

但是，窖穴形制和规模的不断发展，确实要归功于农业的发展，因为只有大量的剩余农作物需要储藏，才会促进窖穴在形制和规模上发生演变。反过来说，对粮窖发展的研究也有助于了解当时的农业生产状况，遗憾的是这并不容易做到，尤其是在半地穴式建筑发达的史前考古学遗址中，判定一个土坑是不是窖穴，又是否曾用于储藏粮食，必须经过多方论证。其实也不能怪专家们太过谨慎，若您有兴趣翻一翻考古发掘报告，就会发现这些散布在遗址内的土坑的作用有多复杂。它们既有可能是先民们的垃圾坑，也有可能是窖穴，还有可能是在坑底放置龙形堆塑等物品的祭祀坑。尤其是粮窖的判断最不乐观，因为早期的窖穴内也可能混杂采集到的果实和捕猎而来的兽骨，而谷物纵然耐储存也架不住几千年的岁月摧残，或腐败或碳化，肉眼难以辨识，如若遇到部族整体迁移，那更可能是盆光碗净，或者干脆连盆子、碗都一起卷走。何况古人还有利用废弃窖穴埋葬死者或作为垃圾坑的传统，简直是雪上加霜。眼下，在敖汉旗热水汤遗址参与发掘的工作人员，就面临着同样的问题——如何给遗址内的一排排土坑定性。

像其他敖汉史前遗址一样，从属于夏家店上层文化的热水汤遗址也

热水汤遗址（朱佳摄）

位于山坡的台地上。我们从地平面上一冒头，就看到足球场一般大的黄土地面上密布着整齐的探方，而罗列在其中的一排排土坑虽然没有探方那般排列得整齐有序，却也不是毫无章法可循。读过前文的朋友应该还记得，指引考古队发现8000年前华夏第一村的就是兴隆洼坡地上那一个个神奇的怪圈，我们对敖汉史前文化的探索也始于那里，只是未承想到这段考察的最后一段会结束于一个个正在挖掘的奇怪土坑。先民们的加工工具有限，刨土怎么也比砍树容易，于是考察敖汉史前遗址就逃不开“圈圈圆圆圈圈”！

那么这些土坑究竟是不是我们要寻找的窖穴呢？主持发掘的王泽领队表示，尚无法确定，因为发现的时候坑内已经有垃圾了，陶片、骨头

热水汤遗址的疑似窖穴（朱佳摄）

都有，所以一开始都怀疑是垃圾坑。但继续发掘，发现这些土坑规模较大、排列整齐，内部坑壁修理光滑、坑底平整，有可能是窖穴或者居址，垃圾应是废弃后扔进去的。但作为居址，却没有发现灶和柱洞，以往在敖汉史前遗址中所发现的半地穴建筑都是有灶的。但你说它是窖穴吧，这么大的面积看不到一处房子，有点说不过去。

然而我在心里还是支持热水汤的土坑是窖穴并且是粮窖的说法的，毕竟距热水汤不过三四十千米的建平水泉早在夏家店下层文化时期就已经发现了“3座直径为2米的圆形窖穴”[1]！这3座窖穴的底部还堆积有约0.8米厚的碳化谷物。据专家推算，这些窖穴每座约可存3750千克。那么晚于水泉遗址的热水汤遗址出现规模化的专门仓储区也在情理之中，不一定非要紧挨着居住区。而一旦发生族群迁移，里面的余粮当然要打包带走。

窖穴的形制和规模始终是不断发展的，一方面是窖穴的形状由不规则到规则、由简单的直上直下到复杂的出现小口大腹的样式，容量由小变大；另一方面是规模数量由少增多，布局由分散到集中甚至出现专门的仓储区。其实，敖汉早在距今10000年的小河西文化时期的榆树山、西梁遗址就发现了“窖”的存在[2]，只是发掘面积较小，浮选工作也尚未开展，因此不知此时的窖内是否储存过粟黍，毕竟窖的出现要比农业起源早得多。值得注意的是

《小河西文化聚落形态》一文指出，位于辽宁阜新的小河西文化查海一期房址“拥有独立的窖穴储藏物品，除聚落有共有财产外，每个房屋有自己的财产”。结合兴隆洼文化时期敖汉所发现的窖穴多在房址外，少数在房址内，是否可以理解为作为公共财产的农产品增加而作为私有财产的采集渔猎食品减少了呢？当然这只是我的一点猜测。

另外，兴隆洼文化时期还出现了少量的袋状窖穴[3]，这是一种相当成熟的形制。王祯在《农书》中说：“今人下掘，或旁穿出土，转于他处，内实以粟，复以草墢封塞，他人莫辨，即谓窦也。盖小口而大腹。窦，小孔穴也，故名窦。”小口大腹也是袋状窖穴的特点，只是兴隆洼文化时期还没有发现窖口有明显的遮蔽隐藏迹象。当然小口的袋状窖穴出现也不完全是为了隐蔽，而是容积大同时密闭性好，更符合力学结构。毕竟自隋唐沿用至北宋的号称“穿三百余窖”的洛阳含嘉仓用的就是这种形制，而且口与底的直径比达到了1∶2，此前发掘的战国至西汉的窖穴则只有2∶3。

这里有必要插入一条说明，不然有朋友可能会问了，含嘉仓不是仓吗？怎么又成窖了？其实很好理解，仓廪是储存设施的统称，王祯《农书》里窖和窦就列在仓廪门之下。含嘉仓指的是整个一个方圆二十余里的仓城，据考古工作者推测应有粮窖400多窖，实际发现287窖，口径10～16米，深7～9米，最大的有12米之深。隋大业年间开凿的郑州兴洛仓也有“穿三千窖，每窖容八千石”的记载。另外，我在翻阅窖穴的资料时，还看到有朋友在文中写到“宋以后，史书上出现窖的名目就越来越少，应是逐渐被仓取代了”，就暗想这恐怕是一位南方的朋友吧。毕竟南方潮湿，地下水浅不利于做窖所以没见过藏白菜、萝卜的窖。明人俞汝为在《荒政要览》中总结“备荒藏谷法”时就曾指出：“南方土湿润，宜用庾；北方土高燥，宜用窖”。南宋庄绰著《鸡肋编》更直指江

窖穴坑壁的加工痕迹（朱佳摄）

浙仓庾，说这种储存方式虽然离地数尺[4]打起木板，看似隔绝了潮湿，但是“积久者不过两岁”。可见，在土壤干燥的北方，省时省力、密封良好的地窖更具有得天独厚的优势；地上仓储相对于地下，不但建造费力、不耐储，还常伴有火患的风险，易遭劫掠。因此，仓庾作为临时储藏点更为便捷。一次和敖汉旗史前文化馆馆长田彦国先生探讨窖藏的问题时，他还说前两年自己在考古工作中就发现了敖汉境内疑似金代粮窖的地下建筑。

二、穷储萝卜，富藏粮

亲眼见到了3000多年前的窖穴，能否在敖汉找到现代人还在使用的痕迹就成了我们的新任务。我预想这个任务应该并不困难，因为据武永善先生所著的《敖汉部王公及其后裔》中提及，清康熙年间自喜峰口以北至蒙古设驿站时，在今五十家子建立了名为洪郭图的驿站，并配有储备粮食的粮窖。《敖汉旗志》里还提到过一个“仓粮窖水库”，很明显“仓粮窖”应该是保存下来的老地名。

然而，我们在大窝铺等几个村落里却遍寻不见，找人询问“您家里以前有藏粮食的窖吗？”，得到的回答往往是“没有”。

“那过去用什么存粮啊？”

“生产队那时候就堆仓库里啊！”

“会不会这些人的岁数小，所以没见过呢？”我暗想，也不应该啊，我小的时候还见北京的农村里有挖窖存白菜的，只是别人家的都抗冻，我姥爷家的因技术不佳年年冻而已。正在发愁就看见一旁的土道上溜达出一位老爷爷，赶紧凑上去套近乎。老爷爷名叫刘景玉，今年已经83岁了，耳不聋眼不花，和他说话都不用大声，这可把我们高兴坏了，连忙向他询问粮窖的事。他说：“粮食窖？我们家里？没有。”

“那……那您以前见过哪里有吗？”又一次出乎意料，我有点着急地问。

“这营子就有啊。”

“啊？What？啥？不是都说没有吗？”惊讶得我英文都冒了出来，“谁家啊？”

“地主家啊！你问我家当然没有。”刘爷爷有点好笑地说。

“非……非得地主家才有？”

“那可不是，那时穷人家粮食都吃不上，哪有余粮存在窖里。后来生产队也是留够吃的就上交啊，不够再吃返销粮。没有剩余的！最多挖个小窖存点萝卜、白菜。”好嘛，原来错全在我，一不该直接问“您家”，二不该直接问“藏粮食的窖”。“那咱们营子以前都谁家是地主啊？他家的地窖还在吗？”

“早不在了，这都多少年了，塌了废弃填上了，有的人都不知道搬到哪里去了。这块儿大地主倒是有几个，像王沛和、老马家、杨振芳都是地主。他们的地得有200多亩。粮食一般就是连吃带卖，储存就用地窖。那地窖大，得有两人多高，用梯子才能爬上爬下，小的也有一人多高。上面先盖上秫秸然后抹泥，留一个小口就得。”

“啊，这不就是王祯说的‘内实以粟，复以草坡封塞’吗？”我心想。

“那有没有带台阶的？”我忽然想起了先前在热水汤看到的带台阶的土坑。

“有，就砍出个土坎。”刘爷爷补充道。这真是令人欢呼雀跃的发现，因为发现台阶的那个坑并不算深，用途一时难以确定，谁能想两三千年后的大窝铺村做地窖也有坎儿呢！

无巧不成书，而后在兴隆沟，我们听说滕爷爷的父亲和祖父都是当地大地主郑老三家的耪青工，就向他求证地主家的粮窖的事儿，老爷子一拍大腿说：“那你可算问对人了。要说别的都是从我爹那儿听来的，这个窖我是亲眼看见过的。1947年，八路军来给百姓分粮食，这营子还有附近营子都来老郑家分。四五米深、5米多直径的大粮窖足有四五个，3米多直径的小粮窖也得有10多个。还有几个仓库里面也是粮食，那都放不下。”滕爷爷一边比画一边说，“在院子里垒的那个筒子形的也不是房，而是储存粮食的。那家伙，可了不得！他家院子得20多亩，那院里地下一个个的都是窖。”

“那是放不下了后来就往仓库里放了吗？”我问。

“他收上来也得自己吃也得卖啊，那不能都放窖里啊。当年收的当

兴隆沟内疑似窖穴的小洞，壁上有涂灰的痕迹（朱佳摄）

年卖放地面上不是好倒腾嘛。”

“哦，那这么多粮食得分多少啊。”我此刻满脑子都是一片坑的景象，完全不能想象这得储存多少粮食。

“记得好像光分就分了2000多石，得有10多天！当时，不管多远来的，大人小孩，不管拿多大的袋子，只要你能扛得走就行。”

“那窖藏谷子的话，能存多久不坏啊？”

“反正早年间说能存个10多年，也有说20多年都不坏的。还得看窖挖得好不好。”滕爷爷说。

“那您会挖窖吗？咋挖？”

“会啊，这营子的基本都挖过。”

“嗯，以前挖窖一般都得两米多深呢。”一旁的宗队长接过话头说，“就是往下挖个坑，宽度大概一人多宽，你得转得过身来才使得上劲儿。也有在底下往土里掏的，掏个肚儿。只有背靠山坡的人家比较特殊，他们会直接在山坡的立面掏洞，相对更省力。然后坑底砸实了，再撒上糠，怎么也得有20厘米吧。”宗队长用手比画了一下厚度，接着说，“也有的转圈放秫秸，还有放灰的。但是坑挖完还是要晾干的，然后再放粮食。有的人家还在粮食上面盖个草帘子，然后会加一些艾蒿草在上面防虫。最后给整个洞盖个大盖儿就完了。”

“那盖儿是用秫秸盖然后抹泥的吗？”

“那么也中，盖别的也中。”宗队长道。

大窝铺村废弃的磨盘、碾子组图（朱佳摄）

我在脑子里对比着古今挖窖的方法还真是大同小异，《农书·仓廪门》中记载古人做窖也是“先投柴棘，烧令其土焦燥，然后周以糠稳，贮粟于内”。敖汉当今虽不见火烧，却也要铺两尺左右的糠或秫秸，用来防潮。

这里还要补充说明一下，粟在窖里能存20年不腐，我后来在查资料的时候也看到过类似的说法。这一方面是窖挖得好，防潮干燥，一方面也与粟自身的特性有关。王祯在《农书》中就说：“五谷之中，唯粟耐陈，可历远年。”《荒政要览》中也说：“但藏米满数年，必至腐朽，粟稍耐久，惟带穰稻谷经数十年不坏，□所谓积谷防饥是也。”因此，明代大学士杨溥才在《预备仓奏》一疏中提到“洪武年间每县于四境设立四仓，用官钞籴谷储贮其中”。

三、平地挖坑，靠沟掏洞

用“按倒了葫芦又起瓢”来形容我对敖汉窖穴的考察最贴切不过。起因是我在家中整理资料的时候偶然发现一本小册子，说敖汉中南部存在一种可以住人的土窑并将其与半地穴建筑相联系。我忽然就想起了不久前采访滕爷爷的时候提到的靠着沟的人家掏沟壁做窖的做法。那土窑会不会是窖呢？毕竟在我们的采访中确实没有听说敖汉人有住在窑里的传统。

若这种窑出现在沟里，就更不可能住人了。因为敖汉的许多大沟都是流水冲击形成的，虽然千百年来气候变迁，水位可能下降，很多甚至干涸，但当了30多年司机，车行遍整个敖汉的孙师傅告诉我们，绝大多数我们看到的沟和干涸的河道在10多年前还有长流水。兴隆沟也如此。

因此就算有人在干涸了百十年的沟里居住那也是相对较晚的事儿了。何况夯土墙在夏家店下层文化时期就已经出现，退一步说就算夯土房屋出现得更晚，到百十年前敖汉人也已经习惯了房屋，何必要到窑里去？

窑里如何生火？怎么弄炕？流水冲击而成的沟壑多泥沙断层，常常能看到一层沙，毕竟不似陕北土层深厚。所以孙师傅说当地人在沟里居住的话，“最多就是用沟壁当后墙省劲而已。从没听说过掏个洞住进去的。”我十分好奇，恐自己调查得不够到位遗漏了这样有趣的地方，就一直念叨着要找一找。

皇天不负苦心人，一次在大甸子寻找家族坟地的时候，车顺着古木立沟往深处走，眼看要拐弯儿时就看见右侧的土壁上似乎有个洞，但是被眼前的树挡住了半截看不真切，“孙师傅快看！那个是不是土窑？”我急忙喊了起来。

走到近前一看，可不得了，这一面土壁上竟然有3个形态各异的窖穴，每个间隔两米多宽，距离沟底平面有1米多高，平地堆有土坡可以方便上下，入口处土堆得较高，可能是为了防止进水。中间的最大，足有一人多高，一米见方的样子，修整得也规整，如同一个门洞，里面还存着半窖的糠。两侧的虽然比较低矮，但在我的“威逼利诱”下，师弟亲测，足可以蹲进一个1.8米的瘦子，左边的一处墙壁黑黢黢的不知是用火烧过还是做了其他处理。欣喜之下我们决定沿着沟做一次探险，看看是否还会有其他发现。

又向前走了六七十米，看到一户人家正在扬场，本想去拍拍劳动场景，不想才一近前就看见夫妇二人身后的土壁上贴着地面挖出了一个一人多高的洞。我们上前说明来意，就见男主人进了洞，拖出了一扇木质的窗，又翻出了两股叉等农具。我急忙跟过去，好嘛！可真是别有洞天！原来这洞往里挖一小段距离后就开始往左右分岔，开出了两个储藏室。

宫子银家的土窖组图（朱佳摄）

“院子里还有呢！”女主人宫姨说道。

“里边也是这样的吗？”

“啥样的都有，在房后头呢。”我们赶紧跟了进去。原来她家的位置也是一个河道的拐弯儿处，北屋和西房后面都是土壁，这两面土壁上开了大大小小、高高低低七八个大窟窿。西房后面的最大，里面分成左右两个储藏室，壁上还安了灯。宫姨又指着北墙下面的一处小开口说，“这个小的是藏萝卜用的，上面那个开口小可里面深，你脚旁边那个也深，可年头久，塌了。”我这才发现脚边还有一个，早已经被瓜蔓遮盖了，连忙退了两步以免不慎坠坑没顶，想要营救可能只有采取“拔萝卜”的方式了。

“师姐你看，这个里面还有个台。”

“那个是我婆婆供神像用的。”宫姨闻言走过去。

“还有这用处？供的啥像啊？”

“啥都行。我们这边就是信啥就供啥，我婆婆做梦梦见了个刺猬，就弄个牌儿供进去了。”

“那咱们这儿有人住的土窑吗？”我问。

“那没有。最大的也就1米多宽，人能站着，但躺不下，再说哪有房子住着舒服。我家以前都是土坯房，那东屋你不是看见了，以前北屋、西屋都是。后来政府怕塌了给改建的砖房，但是土房也比洞里舒服啊。”

“也挖不了忒大的吧。”

“不好挖啊，这地方土不那么黏，也不知咋的，石头也多。你得找土厚的地方挖。”我看了一眼西侧土壁上一人多高的地方，有一道明显的巴掌宽的分界线，里面是密密麻麻的小石子，令我想起以前在兴隆沟里也看到过类似的堆积层，想来可能是流水沉积的作用。“这块儿是不是就不能挖？”

“对，必须得避开。”

“我们家还有一处窖，哎，我不说你绝对找不见。”男主人见我们聊得热闹，走过来说。

“在哪儿？特神奇吗？”我问，宫姨闻言就笑了。领着我们来到她家猪圈前，说：“看这个。”我这才发现她家猪圈里的土壁上也有个洞，用水泥抹了入口。

“这是废弃以后改造的？”

“也不算废弃，这里面有门道。暖和！冬天下小猪崽儿冻不死，要不就得往屋里抱。”我忽然意识到窖穴的神奇，要在一般的地方还不觉得，偏偏在敖汉，要知道敖汉的深冬可有零下20多摄氏度，最冷的时候还达到过零下38摄氏度。猪在里面冻不死，萝卜放在里面冻不坏，怎能不令人赞叹！

注释

[1] 李恭笃、高美璇著：《寻觅与探索 中国东北原始文化考古论文集》，文物出版社，2014年，第285页。

[2] 杨虎、林秀贞著：《内蒙古敖汉旗榆树山、西梁遗址出土遗物综述》，《北方文物》，2009，（2）。

[3] 杨虎、刘国祥著：《内蒙古敖汉旗兴隆洼聚落遗址1992年发掘简报》，《考古》，1997，（1），第8页。

[4] 1尺约等于33.33厘米。

大沟深处的土窑（朱佳摄）

13 敖汉祈雨

以前金厂沟梁那边还讲究偷过河龙王呢，说过河的灵。其实，也是借，都提前说好了我用你们营子的龙王给什么好处，然后趁天还没亮就去抬回来，完了事儿还得给龙王爷披着红袍子送回去呢……

一、神山圣水小井山

“1968年的时候，‘轰’的一声小井就没了，水也不流了！那时候为了发展生产找石灰、找磨刀石，人都红眼了。但是你没水，粮食都长不出来，你生产什么啊？结果七几年的时候闹旱灾闹了七八年，再想祈雨没处取水了……”

盘腿围坐在宗队长家的土炕上，陈连昌陈大爷给我们讲起了范杖子村祈雨的故事。陈大爷早年演过小二人转，唱过影戏，还当过范杖子村的书记，如今退休在家又捡起了皮影到处演出，可称得上见多识广了。他告诉我们，20世纪70年代的时候，宝国吐连续闹了几场大旱，街里的树尖都干没了，才知道早年间祈雨祭文里说“河水干枯、草木凋零”不是虚的。“老也不下雨，村里有几个老人就说：‘要不咱们求雨吧。’我寻思着，求就求吧！要不然庄稼长不出来，人也是死。也是没办法了，就死马当活马医吧。这么着我就开始组织。”

陈大爷是极其利索的人，说干就干，隔天就带着个会计挨家挨户收钱去了。民间的活动都带有很强的自发性，政府不参与其中，早年间当地祈雨也没啥专职人员管，而是谁爱牵头谁就来干，村民管这种牵头人叫“好事者”或者“事中人”，既是指民间公认的、能出面张罗各项民俗宗教活动的能人，也指他们多少有点爱热闹爱掺和的意思。这类人通常闲不住，爱扭个秧歌、唱二人转，参加个文艺活动啥的，所以很多时候敖汉的民俗活动都是由秧歌队的伞头或者皮影班的班主操办起来的。陈大爷当时虽然是书记，却也是民间的文化人，在村内比较有公信力，在村外和各色民间演出组织也都有联系，按理说也确实是不二人选。但是祈雨活动从“文革”起已中断10多年了，他也只能凭着小时候的记忆一点点寻思，好在当时村里还有些略懂行的老人家。

祈雨队伍（朱佳摄）

一般而言费用都是按牛具和田产分摊，因为祈雨的受益者是全村或是所有参与本次祈雨的各个村落，且出资捐款带有积功德的意味，若是某一地区久旱不雨，或家中有久病不愈者需要还愿，通常都会自愿多捐款，所以收钱并不困难。但各项支出必须有专人管理记录清楚，一分钱都不能有差错，活动结束后剩下的钱，多就要退回去，少的话就留到来年再用。因此陈大爷才把会计抓去当劳力。

祈雨的花销比较集中，一是置办供品和香烛等物，二是酬神还愿的时候一定要请戏班唱戏。钱够了就先去置办供品，上供用的牺牲虽然都是头天宰杀，但是提前就得张罗好了，用谁家的猪、谁家的羊，给多少价钱，付了定金，祈雨前一天再去取。猪头、羊头、鸡、鱼、馒头和水果等一样不能少，猪、羊不但都得是公的，猪还必须经过阉割。前几年大甸子祈雨选用的公猪没有阉割过，那次祈雨就真的一滴也没下。村里老人还特意嘱咐说：“一定不能摆鸡蛋！”因为鸡蛋的外形与冰雹类似，寓意不好。

“把该准备的都准备好了，到哪儿取水却犯了难。”陈大爷说。祈雨过程中抬着龙王爷游街的时候，需要一边洒水一边喊“下雨了”来模仿降雨的过程。按老规矩，方圆百十余里的村落祈雨取水都需到兴隆沟附近的小井山。小井山因山顶有一处天然形成的形似井口的石洼而得名，无论附近干旱与否，小井内都常年积水。井口不深，常人趴在井边伸手即可淘取。若井内水位下降，不方便淘取，只需随手捡一块山石投入井中，井水便会立即涌现。传说附近村民不幸染病便去小井山向山神焚香祈祷，取回水后让病人喝下即可痊愈。

小井山也因此被视为圣地，不但祈雨需要用小井里的水，前去取水的人也必须是道德品行受到公认的人才行。取水人要带着香烛表文前往小井所在地，行跪拜礼并向山神言明取水的目的是用于祈雨，请求山神不要怪罪方可取水。之后再将求得的圣水用清洁干净的罐子装盛，再用红布覆盖瓶口用以驱邪避秽，最后将罐子供奉到龙王庙内才算结束。按当地的旧俗，祈雨当天若不灵验，则需连祈3天，因此取水要一次取够3天的用量。若只祈了一两天就应验了，多余的圣水还要恭敬地送还到小井山，如果随意倒掉或挪作他用，会有淫雨不止的危险。

必须要指出的是，将小井山视为圣地加以崇拜的民间信仰，有迷信的成分，但内在却包含着古人对自然的敬畏，不失为一种利用恐惧心理保护“圣地”（重要水源地）的方法。1968年的时候，村民为采磨刀石将小井的井沿炸毁了，从此以后小井再也没有出过水。用陈大爷的话说，“以前，没事儿人根本不敢上小井那儿去，都说那是神仙修炼的地方。因为小井山下面一点有个喇嘛洞。其实就是个石头洞，里面大概一间房大小，有石桌，有石头台子，可能是床，但是转圈的墙壁上有一层类似人脑袋瓜子的窝儿，挺吓人的。村里人都说是老和尚练顶撞的！正好在1米多高的地方，跟人弯着腰拿脑袋顶的似的。那坑有的就像是人头骨一样的轮廓，鼻子眼窝都能看出来，也有的就是圆形头顶似的坑。现在咱们想来觉得没准儿是以前有战争死了人，头埋在那儿留下的。当时就害怕，那洞里阴凉。所以那时候没人敢打小井的主意，后来就天不怕地不怕了！把那井台子崩了做磨刀石，水也没了！

“那没水咋整？老人就说要不学别的营子吧。有远处的，人家那儿山上也没有井没有泉啥的，就在河里取水。那更费劲。祈雨祈多大范围就取多大范围内的水，比如说就我们范杖子祈雨，那凡是我们营子范围内的水井、水渠、水洼子、小河沟你都得取到了。收集水源的过程也是请神的过程，因此不能遗漏任何一处水源。那你要好几个营子联合祈雨呢？宝国吐祈雨现在是一个乡祈！就说兴隆沟附近就多少个营子？以前都一块儿祈啊。”

“就是心诚！那前儿！”跟我一块儿坐炕上蹭故事听的司机孙师傅忽然感慨道。

二、借个龙王来行雨

我这才觉得取个水真波折，陈大爷灌下了一大杯水又叫苦道：“水取来了。那龙王也是个问题啊，你祈雨能没龙王吗？”

我说是啊。来敖汉前，我对别的地方的求雨也多少了解一些，不但取来的水要供奉在龙王庙里，祈雨那天还要把龙王爷抬出来游街，让它老人家视察旱情。一路上还要边走边泼水，模仿下雨的过程。待把村落都走到了再把它老人家送回庙里供好，许愿如果下雨就给唱几天皮影或者几天戏。如若不灵，第二日就再抬出去。一直不灵验的话，有些地方还会恶祈。陈忠实的《白鹿原》中白嘉轩就用钢钎穿腮的受刑方式来求雨。

"但是敖汉十年九旱，龙王信仰如此发达怎么会没有龙王？再说不是村村都有吗？"在敖汉，各村村口或道路交会的地方常有一座多神庙宇，通常1米见方；也有三四间房大小甚至分前后殿的大庙，一般由村里的富户修建或几个村落联合修建，里面供奉着龙王、药王、苗王、马王、牛王、阎王、山神、土地公、财神等9位涉及农业生产生活方方面面的神仙的塑像或牌位，被称为"九圣神祠"，有的还加上判官和小鬼在门口把门，但主神还是龙王。九圣神祠常见的形态是坐落在村口的小庙，因此村民日常求神一般都是到小庙前祈祷，发送死者也在那里烧纸。

"毁了啊！'文革'的时候。"陈大爷又是一阵唏嘘，"就说我们营子那九圣神祠，里边都是神像，中间是龙王，戴的那种帽子我看着像汉朝模样，牛王、马王、山神、土地公、财神什么的都在它两边立着。

小井山所在的山脉（朱佳摄）

虽然也不大就半人高，判官和小鬼还更小一点，但是塑得特别好，都上着颜色。那马王爷做得最好，三只眼睛、六只手，中间两手叉腰，下面两手拿大锤，最上两手拿剑这么着摆。”陈大爷做了个双手在头顶上交叉的造型，比画着说。

“没有了龙王像，老人就说去别的营子借一个得了，最好借个‘过河的’，就是到河对面的营子去借。以前金厂沟梁那边还讲究偷过河龙王呢，说过河的灵。其实，也是借，都提前说好了我用你们营子的龙王给什么好处，然后趁天还没亮就去抬回来，完了事儿还得给龙王爷披着红袍子送回去呢。这么着跟附近借了一个，雨才求成。”

陈大爷说抬龙王游街的人也有讲究。“文革”以前都是男人，女的不让去，戴孝帽的也不让去。因为那时候祈雨都得光膀子、挽裤腿做庄稼人打扮，头上戴柳条圈，意思是实在热得受不了了。走在队伍里不许乱说话，求龙王的时候就算是别的营子来看热闹的也得跪下。

兴隆沟（朱佳摄）

"求的时候还得念文书！"

"文书有专人写吗？"我问。

"有点文化的人写就行，那时候就是我写的。"

三、关公老爷把刀磨

自那次围"炕"采访，算来有半年多了，我一直因为没能亲眼得见敖汉祈雨而感到遗憾，不承想接到了宝国吐皮影班班主蒋春蒋大爷的电话："你不是要看祈雨吗？这个月19日开始办兴隆洼镇文化节，纪念陶人出土，21日是祈雨正日子，就在兴隆沟，你来吧。"于是我撂下电话就开始刷票，终于抢在20日冲到了祈雨大会临时指挥部兴隆沟宗队长家，之前来调查史前考古没少得到宗队长和宗家婶子的帮助，一来二去熟悉得就如亲人一般了。只是未承想，在门口迎接我们的是一声撕心裂肺的惨叫，惊得我汗毛倒竖。不一会儿婶子就挂着围裙、端着盆子跑了出来，一见到我们就说："哎呀来巧了，正杀猪做血肠呢！快去拍吧！"我囧着脸使劲儿摇了摇头，"婶儿啊，这个真不用拍！"

"您这是开始筹备祭品了？我宗大爷呢？"我问。

"嗯，供品也弄，饭食也弄。这几天你们都搁这儿吃啊。你宗大爷组织人去了。明天一早敲锣打鼓、抬神像，谁负责哪摊儿他得分派好了。"婶子一边说一边还飞速地做了个抬神像的姿势。她是急脾气，说话动作都很快，故而显得特别可爱，“你们不去看看关老爷像？就搁我们正屋里供着呢！你蒋大爷现从赤峰请来的，可鲜亮了！”

“哎好嘞，您忙吧，我自己看。”我也是急脾气，一步就跨进了他家主屋，才反应过来，“咋是关老爷呢？这地方不是求龙王吗？”

“来啦？”我正寻思着，忽然一个洪亮的声音从里屋响起，门帘一挑蒋大爷迈着大步走了出来。我连忙过去问好，顺带着将心里的疑惑说了出来。“主要是龙王爷，但求关公的咱们这块儿过去也有。五月十三关公磨刀嘛。老年间说关老爷成神以后，南海闹恶龙把江水都吸了，庄稼枯死。关老爷就在南天门那儿磨刀好斩恶龙，一打雷就说是磨刀声，下雨那是磨刀的水洒了。但是其实也有说五月十三是关公单刀赴会的日子，这个你们都熟悉吧，戏里也有。他赴会就想着估计是鸿门宴，得把刀磨磨，正赶上天旱好久不下雨，磨刀水都没有。他就对着天大喊了一声，就跟玉皇大帝借了三天的大雨，磨刀水有了，庄稼也得救了。所以农历五月十三都拜他。咱们这块儿种地之前就得求雨，不到五月十三多数就求龙王爷。但‘文革’时候像不是给毁了吗？你现在花钱想塑都没人会这手艺。关老爷像也就赤峰有，关平、周仓现在没人塑了，就只能弄个红纸写个名字贴上去。”

“明天您主持吗？”我问。

“我主持。宗队长这营子找的人，现在也不讲究那么多了，过去哪有妇女啊，现在后面压阵的都是妇女。庄稼地里也都是老婆子，年轻人能出去的都打工去了。”

“那收钱谁负责啊？”

“现在不收钱，这不是跟文化节一块儿办嘛，这也算民俗活动。镇里就出了，委托我负责办理，花费他们给报……”

请关老爷上神驾（朱佳摄）

祈雨行进组图（朱佳摄）

代关老爷说话的老人（朱佳摄）

祈雨行进（朱佳摄）

2016年5月21日清晨，宗队长家一早就燃起了三炷高香，蒋大爷将关老爷神像从屋中请出来安放于神驾之上。请神，原本应由香头带着香烛、纸具，亲自到神庙请，还要在神前烧香上供，然后再恭请雨神上神驾，由4个年轻力壮、老实可靠的人抬着绕村一周，让神明巡视旱情的惨烈，以便产生同情，降下恩泽。

将关老爷请上神驾后须以大红丝绸加身，用于固定。另有一名合过八字的老者常伴神驾左右，代关老爷传达旨意。队列整合的过程中，香炉中的香不能断，须有专人伺候。临近上午10点，吉时已到，大队人马正式出发。一位老者执铜锣在队前开道，提醒生人回避，勿要冲撞神驾，后面紧跟着4人抬香炉，4人抬神驾，1名通神者，2名护卫随行左右，再后是4人吹唢呐、喇叭，4人抬鼓1人敲，2人打镲，最后是随行的女性队列。所有人都着白衣白裤，头戴柳条圈，手执柳条枝。

大队人马沿着兴隆沟谷底不断前行，两旁直立的红土断层足有两三层楼高，部分断层被洪水冲击、风力侵蚀成怪异嶙峋的陡峭模样，十分壮观。时而两侧峭壁齐齐向前探出，形成一座天然的关口，从队尾向前望去，如同一只巨兽不断吞噬着祈雨的人流，一种古老而又神秘的沧桑感霎时间便袭上了我的心头。行进一段时间后，队伍开始沿着坡路向山梁进发，只见青山黄土之间，一条银龙沿着山势起伏，向粟、黍碳化颗粒的出土地蜿蜒流动，异常神圣。当地人惯走山路，纵然抬着神像、扛着锣鼓，一路吹吹打打也如履平地一般。这可苦了我们这帮外来的研究者，扛着大小相机，还要上蹿下跳、审时度势地寻找最佳拍摄角度，一个石堆、一座山包都是我们的战略要地，不一会儿便气喘如牛，汗如雨下……

祈雨所在地是兴隆沟的制高点，居高临下俯视四周环绕的裂谷，很有几分神圣的意味。在蒋大爷将关老爷从神驾上请下来安放于神案之上，香炉、供品依次陈列于前的间隙，祈雨的队伍开始在场地内走八卦，顺时针、逆时针各走3圈，一是为了驱邪避秽，二是为了画出场地，将前来参观的人流赶到外围。由蒋大爷宣布祈雨仪式正式开始，并令在场人员全部下拜，开始宣读祈雨表文。

表文一般由懂行的会头（即当地有威望的香会头领，本次祈雨会头为蒋大爷）执笔，没有固定的写法，但通常都要写清楚哪乡哪村前来求雨，诉说旱情的惨烈以便求得神明的怜悯，若得庇护则情愿唱影还愿等信息。例如宝国吐祈雨的表文简写下来便是：

关老爷在上：

今有敖汉旗宝国吐乡众信士弟子在下。因天旱不雨，致使草木凋零，禾苗枯干，牛羊等畜无保，仰面执子而呼天，万般无奈，来关帝驾前求雨，望

祈雨（朱佳摄）

焚表，烧黄纸（朱佳摄）

老爷生慈悯之心，上奏天曹玉帝为百姓降下甘霖。

众信士弟子杀猪宰羊为供，祈求上苍年年多降甘霖，岁岁丰收、六畜兴旺、五谷丰登、黎民百姓都得安宁。

众黎民百姓甘愿常奉香火，永敬神仙。并许唱影三天以谢老爷恩赐。

随后将表文焚毁，蒋大爷匍匐于关老爷驾前再三叩拜，恭敬请问关老爷是否感受到百姓的诚心，这时立于关老爷身后的长者需代关老爷回答：“知道了。”

蒋大爷再问：“敢问关老爷几天能降甘霖？”

长者再答：“三天！”

随后众人举手欢呼，保水的一面向天扬水模仿降雨，一面高呼：“下雨了！下雨了！”众人一同起身欢呼，焚表、烧黄纸，祈雨仪式才算正式完成。

人群散尽的山头忽然寂静下来，这裂谷环绕的秃顶之上只剩下我们3人一边回味着这份神秘的遗韵，一边环视四周的别样风景。向西，小井山如在眼前；向东，祖神庙与我们隔谷相望，前所未有的开阔感便油然而生。忽然一阵狂风将焚表、烧黄纸的灰烬卷向空中，向四周的低谷抛撒下去。

蒋大爷拍了拍我的肩膀说：“走吧！回去歇会儿，晚上还有影戏呢！”

“什么？影戏不是还愿的时候才唱吗？”

干涸的白塔子河河谷（朱佳摄）

14 酬神唱影

台前是两军将领打得昏天暗地，幕后是牵线的影人舞得上下翻飞。一开口谁知这二八佳人多娇女原是个老爷爷，脆生生一口戏文，唱得有如银瓶乍裂；没奈何那俊俏的小将也染了满头白发，雄赳赳一声叫板，震得宵小肝胆俱裂……

一、雨夜听影

“二八佳人女多娇，战地男儿降英豪。桃花马上遮日月，稍饰修容偃、月、刀！”一段清脆悦耳、英气十足的女声念白刚过，便见三尺素白的影幕上灯影闪烁、人影憧憧，南唐女将吴金定点罢人马上得场来，一身英雄铠上绣朵朵团花，端的风流飒爽、俊俏非常。

“唉——”一声带着抖音的长叹，揪得人心头直颤。也难怪，前一回疆场上她两兄长刚刚阵亡；这一出月老托梦，却说她一生姻缘竟系于敌方。

“蛮兵们！”

“哟！”

“与我压住阵脚！奴家吴金定，来将何名啊？”

“什么？你说你叫没有腚？”小英雄焦裕催马上得阵前一番调笑，观众爆发出一阵哄堂大笑。

“奴家吴、金、定！”吴金定咬牙切齿强忍怒火道，“我且问你——”

“你问我啥？”阴刻出来的小花脸配上粗犷的音色，火急火燎的脾气，颇有那么几分浑不论，不耐烦地问道。

“你们营中可有个杨文广吗？”

“有啊，多得很呢，不知你问啥样的。”

“奴家问的是……20岁上下年纪的，俊俏的人物，白面的书生，没有麻子的那个枪马无敌的杨文广啊……”观众中忽地爆出一阵大笑，心想这姑娘咋那么实诚，说得也忒细致了。细琢磨起来确是这么个理，那月老托梦只说了个名字，教她干着急又没见过面，小女孩儿家的心思在心慌意乱不经意间就表露无遗。

敖汉皮影（朱佳摄）

“那可没有！”

“啊？”吴金定颤抖的声音带着一阵心惊，忙追问道，“那可有多大、多大个年纪的呢？”

“有七八岁的，十来岁的，五十来岁的，还有七八十岁的。还有啊，俩仨月，刚落生的。”小英雄坏笑道，“你这是来打仗的？我看分明是来找汉子的！”又是一阵哄堂大笑……

雨中听影（朱佳摄）

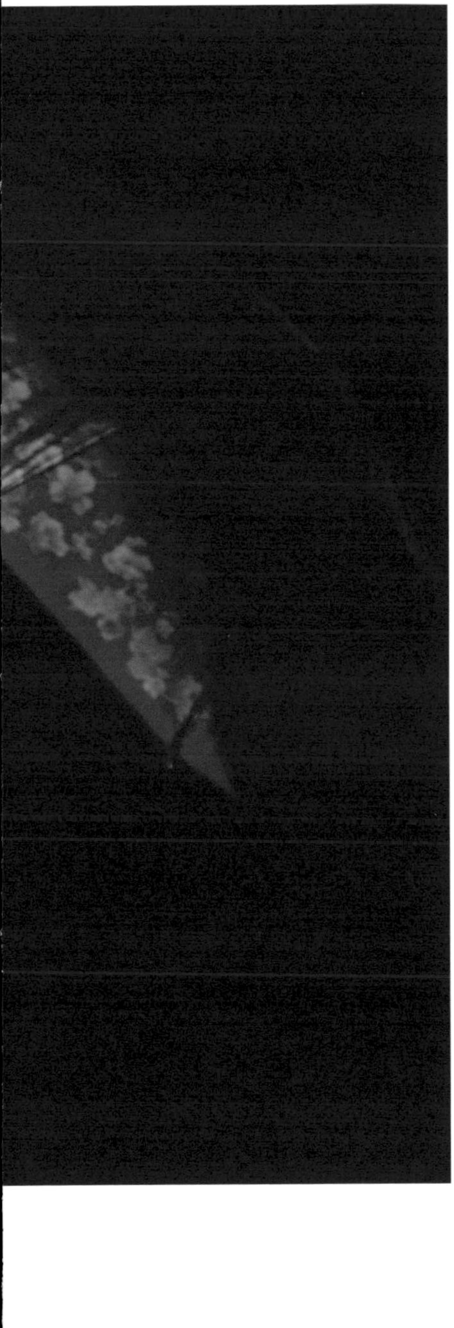

2016年5月23日，敖汉旗宝国吐乡祈雨酬神的第三天晚上，我们一行人正与当地村民挤在一处，观看着蒋家皮影班表演的《杨文广南征》选段，不时被妙趣横生的戏词和演员绘声绘色的表演逗得前仰后合。偶不留神一脑袋磕在后面观众的脑门儿上，疼得龇牙咧嘴也不相互计较，戏到传神之时仍然情不自禁地为演员拍手叫一声“好”！这里没有温暖的剧场、精致的茶点，四下只有如水的黑夜，触目只见白色的影棚遥对着天边大得出奇的孤月。一切声响都变得格外清晰，所有感官都被光影调动，仿佛天地之间只有这三尺素绢、一盏明灯、几片影人上演着千古兴亡的旧事。

谁承想，戏到正酣时，雨就真的祈下来了！密密麻麻的雨点砸得我们措手不及，影匠们连忙冲出去为关老爷的神像支起了雨棚，方才围得水泄不通的人流立时作鸟兽散。只留下几位睿智的老人家，淡定地从小板凳下摸出雨伞，撑起来准备听二出。

“您知道要下雨啊？”我连忙凑过去跟一位大娘套近乎。

“下啊！这不祈雨呢嘛！”

“您咋知道一定灵呢？”

“唱影就灵，这么多年没有不灵的。3天不下，6天也得下了。”

二、缘起皮影

回想起两天前祈雨仪式结束后，我们一行从土梁上折返下来的情景——老大的太阳悬在头上，普照着干旱的大地山川，两脚一前一后便带起一阵黄沙，连树叶都闪着刺眼的金光，令人无所遁形。5月中下旬的北京也不过二十七八摄氏度的样子，敖汉却已连续几日维持在三十一二摄氏度的高温了，令我不得不怀疑，这样的天气真能祈下雨来？那时我就问当地人："祈雨有不灵的时候吗？"要知道碑文村志，从来都是记功不记过的，出资人为的是流芳千古，谁又甘愿花冤枉钱砸自己的脚让子孙后代铭记祖先的糗事呢！更何况在大多数情况下，祈雨应验与否往往归结于道德和诚心。例如"隔街雨"，没有得到恩泽的那几户往往容易遭到其他村民的指指点点和道德批判。但在敖汉，如若追问祈雨不灵的原因，得到的回答往往是"没有唱影"！

唱影，是酬神还愿的一种表演形式。一般来说祈雨应验，为了向神明表示感谢，除了在物质上用供品给予回馈，还要在精神上娱乐诸神，方法一般就是唱戏给神听，以期待来年的风调雨顺。这是由农业生产的脆弱性和农民精神生活的极度匮乏所决定的。旱灾、洪灾、雹灾、风灾……农业生产对自然环境的依赖性实在太强，而自然在古代恰恰是最难以被人认识的，因此只能依赖于神灵保佑，并心甘情愿地奉上物质与精神的双重回报来取悦神明；另外，我国古代农民处于社会的底层，不但物质上遭受剥削，精神上也备受压迫，因此急需一种娱乐来释放压力、缓解疲惫，如在农闲时唱戏。因此在农闲时酬神最为合适，一些神仙的神诞日也恰恰就被安排在农闲的时段。然而在旱作农业发达的敖汉旗却越是农忙越要唱戏，因为这一时段对雨水的需求最为迫切！

例如，在敖汉旗酬神唱影的时间原本有两种：一种是事后还愿，

挤进影棚的观众（朱佳摄）

种是祈雨的当天晚上就唱影。据影匠计永介绍，宝国吐乡原本都是祈雨灵验后，以雨神的生日作为酬神的日期。如以龙王作为雨神就选六月十三日唱影，若求关老爷则选五月十三日。但一般还愿的时候各村集中唱影，影匠忙不过来就只能按顺序排号，时间错后几天也不妨事。但20世纪90年代，敖汉出现了7年连续大旱，宝国吐乡大窝铺村连唱了3天皮影，就真的以这个村子为中心降下了6寸的救命雨。自那以后就改为当天唱了。此次祈雨，就从21日祈雨当天唱到23日为止。

祈雨酬神所表演的戏剧形式一般都是小戏，这是由于祈雨的参与对象主要是劳苦大众，酬神演戏所用的资金也是众人分摊，因此诸如皮影、评剧、二人台等低消费的娱乐活动就成了最能满足这种精神需求的艺术形式。一次祈雨酬神不一定只选取一种表演形式，甚至可以皮影、评剧唱对台，具体到不同地区又有不同特色，但通常都是深受当地百姓喜爱的艺术形式。在敖汉旗宝国吐乡，皮影就是人们最为认可的表演

班主蒋春讲解敖汉皮影与从艺经历（朱佳摄）

形式。

其实宝国吐附近也不乏其他戏班，如下洼地区就有规模十分宏大的河北梆子班，自清光绪十五年至民国十七年（1889—1928年）演出不断，足迹遍布敖汉、奈曼等旗。但最为一般百姓所钟爱的仍然是皮影。敖汉旗位于内蒙古东部地区，原本并没有中原那样发达的戏剧文化。直到清代随着与中原地区交流的不断深入才渐渐兴盛起来。这种交流可以分为两个层面，如梆子、京剧这样的剧种随着满蒙联姻，作为随嫁传入，并一直为上层社会所垄断，直至嘉庆年间被视为“邪教”才转而流入下层社会。而皮影这种登不得大雅之堂的曲艺形式，只能混迹于普通百姓之间，随着内地人口的不断迁移逐步发展完善，因而更受当地百姓的喜爱和信赖。

宝国吐的蒋家皮影也是如此。自从清朝末年随着蒋文俊老太爷从山东省莱州府来到敖汉以来，就和当地百姓的生产生活结下了不解之缘。现任班主蒋春回忆起自己学艺的契机，也与祈雨酬神有着不解之缘。蒋春虽出身皮影世家，自幼耳濡目染，却始终被教导“当以学业为重”，因为其父蒋凤岐始终认为“影匠必须以文化作为根基”。首先，影匠要识字才能看得懂影卷；其次，想演活戏中人就必须了解它的时代背景。这就得多看书、看古书！尤其是在那个没有通俗读物的年代，无论是看故事还是读历史，用的都是文言的老本子。

直到蒋春14岁那年，一次偶然的机会随父亲到大窝铺村酬神唱影，蒋凤岐的合伙人胡俊臣一见到这个古灵精怪的小娃娃就十分喜爱，于是逗他说：“小孩儿，你会唱吗？”蒋春心想：“这玩意儿我天天听啊。”就回答说：“会啊！但是没唱过。”胡俊臣一听这孩子一点都不怯场便更高兴了，大笑着说：“那我给你整一场，你敢不敢唱一个试试？有不会的也没关系，我教给你！”蒋春说：“中！”于是就扯开娃娃嗓，唱了一回《双失婚》里的小武生。谁承想就是这么闹着玩儿似的一唱，就彻底上瘾了！无论是念书、休假，满脑子里飘荡的都是摇曳的灯影和移动的影人。也未承想，这么一唱就结下了50多年的皮影情缘！

三、金口玉声

“还唱不唱了？”漫长的思绪被观众的叫喊声拉回现实。

“唱啊！这是给关老爷唱的，哪能糊弄？一下雨就不唱了哪儿行啊？”蒋春一边回应着，一边调整胡琴，准备重新开场。酬神唱影虽然与生俱来带着娱人娱神的双重目的，但首要的还是要先娱神再娱人，因此影匠始终要把伺候神明看戏当作首要工作，百姓不过是沾了光一块儿乐和而已。若完全按照老规矩来，则无论是唱三天一台的皮影还是唱六天的对台皮影，都要选中间一天作为正日子，在中午唱一出不上影窗、不挂围子的“参神影”！因为这出影是专门唱给神明听的，影匠不但要事先在所求神像驾前焚表上香、跪拜祈祷，还要全员出动以表诚心。

晚间唱影虽是神人同乐，却也依然要将神明放在首要席位。搭建影棚必须要正面朝北，因为神像是坐北朝南的。过去较大的寺庙前往往建有戏楼，正对着山门，就是为了酬神唱戏而准备的。如下洼大佛寺的戏楼就与山门隔街相望。没有戏楼的，就在庙前的空地临时搭建，若空地也没有，则需先焚香跪拜，再将神像请到演出的地点。与之相应的是观众观影一定不能阻挡神明的视线，必须在中间让开一条道，分坐在两侧观看。

祈雨酬神时挑选戏码一定要尽力揣测雨神的喜好，例如向龙王求雨，绝不可唱《闹龙宫》；向关公求雨，则要少唱才子佳人，多演忠孝节义的故事。因此影匠往往提前在影箱中准备几部相关的影卷带到村里请当地会头或富户挑选，而不能自行决定。否则无论选什么戏都会被骂不卖力、只选好唱的唱。在其他地方，选戏更是完全听凭神的旨意，如借助抓阄等方式来决定。

不知今日是否是关老爷也中意杨文广的忠义、吴金定的俏皮，雨终于越下越大，顺着雨伞、雨衣流淌下来，水汽弥漫、寒风瑟瑟。一些熟络的老影迷干脆领着娃娃挤进影棚看表演。我也借机从侧面将相机顺了进去，方才得以窥视棚内热火朝天的表演场景。昏黄的灯光照射在这5位花甲之年的老人脸上，见得到岁月留下的沟壑，见不到神情上半分的老态。两米见方的小天地间，敲鼓的、弄影的、拉胡琴的分坐两排，连说带唱间十指飞动，一拉一送间双手微抬，一捻一松时大袖飞扬。台前是两军将领打得昏天暗地，幕后是牵线的影人舞得上下翻飞。一开口谁知这二八佳人多娇女原是个老爷爷，脆生生一口戏文，唱得有如银瓶乍

班主蒋春（朱佳摄）

擅唱女声、嗓音清脆的胡大爷（朱佳摄）

许杰（朱佳摄）

负责摆影人的陈连昌（朱佳摄）

敖汉皮影影人组图（朱佳摄）

裂；没奈何那俊俏的小将也染了满头白发，雄赳赳一声叫板，震得宵小肝胆俱裂。真可称得上是："金口声开玉琼碎，百万神兵换影来！"

我不禁回想起与蒋大爷初次相识的场景。2015年7月下旬，正在宝国吐乡大窝铺村进行农业遗产调查的我们，偶然得知镇上有一位名叫蒋春的皮影艺人兼通各种红白喜寿民俗掌故，但凡祈雨酬神等重大活动，都少不了他老人家的协助。激动之余，我们立即将老先生请到了临时住地，几个人坐在小板凳上就天南地北地聊开了。最为难忘的还是老人家的即兴表演，短短几分钟内他为我们分别表演了敖汉皮影的老生、小生和旦角等多个角色的不同唱法，技艺精湛，嗓音洪亮。遗憾的是，当时正赶上他夫人病重，我们听闻后不忍心多作打扰，只得暂时惜别。当年10月，我们第三次来到敖汉旗却突遇大雪封冻了部分道路，原定的采访计划不得不做调整，我在行进的途中拨通了老先生的电话。通常在敖汉的旅途中接打电话绝不是一个明智的选择，因为这里大路平坦开阔，数十里不见来车，司机开得飞快，耳畔都是风声；小路翻山越岭，蜿蜒曲折，颠簸得五味杂陈、翻江倒海，根本听不清来电内容。唯有他老人家50多年的唱功所练就的金口玉声是个例外！"那啥，你们算来着了！正赶上给我老婆子唱影还愿呢！”

当天下午我们就在老先生家一面借着日光欣赏着各式影人、影卷，一面听他为我们讲述蒋家皮影的历史。一张张影人在光线的照射下透射出琉璃般清亮的色调，黄的金黄、绿的翠绿，何为官帽、何为英雄衣，哪个是喽啰、哪个是武生显得格外分明，以至于在很长一段时间里，只要闭上眼，一幅幅耀眼的光影就在脑海里翻过，更不必赘述那一箱箱凝聚了蒋家 4 代心血收集而来的稀世影卷……

四、归程小记

敖汉唱影多是好似长篇小说的连卷影，10多卷影谱接连唱下来半个月也不一定唱完。但一台影戏演出（ 3天为一台）必须唱完一个完整的小故事才能结束。观众们迎着凉风观影，我们顶着冷雨拍摄，直唱到晚上10点多才散场。夜路湿滑，气温骤降来不及与影匠们一一道别，仓促收拾了设备，顾不得更换潮湿的衣物就踏上归途的我们即将在阴冷和潮湿中度过接下来的百十余公里[1]路程。然而连日的早出晚归，却令我们疲态备露、瞌睡连连，连安全带都勒不住下滑的躯体。

“看！这雾气！好家伙！”司机孙师傅一声提醒，前一刻还在打盹的我们立刻惊醒，只见大灯的照射下，原本黑漆漆的路面上一片白色的烟雾腾地而起，恍若仙境！

“起雾了？”我一时有些反应不过来。

“是水汽！成因还不太一样。这是路面太干太热，突然遇到冷雨后产生的！在我们这儿下雨时还是挺常见的。”孙师傅解释道。然而此刻我的大脑对这些原理根本不能产生反应，满眼都是这些奇妙的景象。梦幻般的公路犹且没有看够，迷雾中的小镇又猝然出现在眼前。

影卷（朱佳摄）

“这是下洼吗？”

“对，是下洼。”

散尽人流的街市繁华尽退，路边小店闪烁的霓虹小灯在水汽中晕散开来，似幻亦真。好一场及时雨！久旱的大地为之滋润，翘首期盼的乡民为之喜泣。面对此情此景，若再去穷究祈雨唱影中究竟蕴含着几分科学道理，不免太过无聊……

注释

[1] 1公里等于1千米。

灯官娘子也涂脂抹粉，打扮得花枝招展，倒骑着毛驴压阵，搔首弄姿很是妖娆，走近一看，呵！原来竟是个爷们儿扮的！就有好事者上前调笑着问灯官老爷：“你家娘子，怎么是个大老爷们儿？”……

一、撒灯闹秧歌

每年农历正月十四到十六这3天，敖汉旗金厂沟梁镇和白塔子乡等地都要举行3天的撒官灯活动。3天都撒灯，路线和寓意却各不相同，正所谓：

正月十四撒神灯，庙前锣鼓响声声。
正月十五撒人灯，老爷娘子来逛灯。
正月十六撒鬼灯，冤魂小鬼得往生……

农历正月十四这天，天刚一擦黑儿，金厂沟梁高杖子村秧歌伞头（会首）陈风华大娘的家里就响起了鼓乐，紧接着门分左右，两面明晃晃的铜锣前头带路，身后跟着的队伍却有点奇怪，是两队“捧勺”的！他们一只手上挂着装满火油的小铜盆，一只手夹起用各色彩纸裹着谷糠、炭灰扎成的灯捻，蘸了油、点了火就往地上撒。后面还跟着一辆小三轮驮着满满一车灯捻，只管撒。再往后看，又有两队各色打扮的秧歌队紧随其后，有《白蛇传》里的白娘子、许仙；有青天大老爷包文正，王朝、马汉分侍左右；有七仙女配董永，等，深受百姓喜爱的角色集体出动，足足二三十人都装扮得像模像样，踩着高跷、甩着大袖沿后街往村口的小庙走，锣鼓、镲、唢呐等鼓乐人员在队尾压阵。大队身后是一条长长的火龙，在漆黑的夜里显得异常神秘壮观。

小庙就是前文说过的九圣神祠，村民将日常要求的神都请了塑像或者牌位安放在这里，求神问卜。陈大娘对我们说：“撒灯就是为了求风调雨顺、五谷丰登，因此第一天主要是拜庙撒神灯，为神仙引路回村。老年间还要烧纸焚香祭表文。”此外，白塔子乡的伞头杨胜广告诉我

白塔子撒灯队列（敖汉旗文化局于海永摄）

们，他们村秧歌队祭庙，伞头带队唱伞头曲，内容都是伞头现编的，一般开头都要先唱九圣神祠，如“诸位神灵听周全，落地为庙，前来祭奠”云云；下一番唱农民心中最大的神龙王，请他老人家“保佑风调雨顺，浇遍荒山良田”；再下一番才轮到财神爷，但一定要把9个牌位的神全部都奉承一遍才行。唱完，秧歌队再在庙前耍上一圈儿，就向村外1里多远的大庙——古洞观走去。

古洞观我们前文也提到过，坐落在古洞山半山腰，乃是“秃尾巴老李”的道场之一，传说曾有村民在庙前小河边儿看到一条百米来长的巨

塔前的秧歌队（敖汉旗文化局于海永摄）

蟒从山洞里探身下来喝水，因此很受村民崇信。陈大娘告诉我们："传说秃尾巴老李一回来，这里就会下大雨、下雹子。所以咱们这里年年办撒灯，也有留火道、防冰雹的寓意。因此年年撒灯都要上大庙烧香、焚表。"

撒灯和其他香会踩街一样，都不能走回头路，因此从大庙出来要从另一条路绕着圈儿回村，整个活动要持续到晚上10点多才能结束。

正月十五这天是重头戏，撒灯不但要"以人为本"，把村里每个角落都转到了以驱邪避秽，秧歌队里还要出现两位特殊的角色——灯官老爷（灯官爷子）、灯官娘子!

这天天黑以后，门前先放一阵鞭炮，紧接着两个"小鬼"打扮的黑衣人从门缝里探头探脑地钻了出来，在前头一走，手里的铁链子哗啦作响。两个持铜锣的紧随开道，早年间还有扮成衙役的举着官员出巡的仪仗和"回避""肃静"的大牌子。灯官老爷穿着官服骑着大马十分招摇，过去也有扮演灯官老爷的"能人"坐在一根独杆上，前后各两人抬着，好像一串糖葫芦，独杆走起来颤颤悠悠，全看灯官老爷在上面耍杂技，兴致上来还能在上面来个鹞子翻身；灯官娘子也涂脂抹粉，打扮得花枝招展，倒骑着毛驴压阵，搔首弄姿很是妖娆，走近一看，呵！原来竟是个爷们儿扮的！就有好事者上前调笑着问灯官老爷："你家娘子，怎么是个大老爷们儿？”灯官老爷这时要摆足了官威呵斥主事的，竟敢糊弄于他，找个男人当娘子，并扬言罚蜡10根或灯油2两，表演得滑稽幽默以博取众人一笑。

两队撒灯的，这次就跟在灯官老爷身后了，也是一路走一路撒，遇见胡同或者岔路就一队走一条，最后再会合。沿街绕村子的过程中灯官老爷还要“查灯”，看到有人家不点灯，就前去呵斥并“罚灯”，不但勒令必须点上，还索要灯油充当罚款。陈大娘说，早年间撒灯还要进院，但不是哪户都进，必须是多掏油钱的人家。这户人家还要亲自到门口放鞭炮迎灯官老爷。过去谁家有冤情、邻里矛盾，都可以拦住灯官老爷喊冤，灯官老爷问明因由当场宣判，就如同真的官老爷一样。日后即使闹到官府，一般也维持原判。

正月十六这天一般要沿着山道去山上撒，传说是为了超度亡魂。

二、黄河走百病

这3天每晚撒灯过后，秧歌队和村民还要到村内的空地上去跑黄河。黄河就是用秫秸根据阵图围成的迷宫，阵图按照难度分为12连城、16连城、18连城和24连城等样式，里边弯弯曲曲、七绕八绕、旁道丛生，不知晓门道很难走出来，因此又称九曲黄河阵。相传黄河阵就是三霄娘娘为给赵公明报仇设下来困住武王雄兵的阵法，因此黄河阵的阵中就由三霄娘娘坐镇，讲究的还要搭棚子贴对联，上联写“五谷丰登”，下联写“风调雨顺”。但河北省保定市定兴县高里乡金台陈村则流传着乐毅在黄金台设阵选贤的故事，燕昭王设的黄金台招贤馆就在金台陈村，因此也有人说金台陈原本就是金台阵。时至今日，我国北方仍有很多地方有跑黄河的传统，黄河阵中也要点灯，《延庆州志》里就说：

“上元节张灯三夜，或作九曲黄河灯，共灯三百六十盏”。但在赤城、龙门等地则用361盏灯。

陈大娘对我们说：“我小时候，黄河就在庙前的空地上扎，‘文革’时候中断了，后来就种上树了。现在就在玉米地那块儿。一般都是先在地上按照阵图挖坑，把秫秸插在坑里再浇水，咱这里冬天冷，过年那会儿零下十几（摄氏）度二十（摄氏）度，一会儿就冻上了。”但是依然算是大工程，过了大年初五就得准备，因为要占几亩地，阵里错综复杂要盘着走，最少的12连城也要走四五里地才能绕出来，每条小道都要有两人宽才行。灯是放在黄河的节点上的，敖汉当地就用萝卜刻个盅倒上火油，以棉花做捻，保持长明。萝卜灯上还要分别糊上红色或绿色的彩纸，因为阵中的三霄娘娘主管生育，所以一般有求子需求的就跑到阵中去拜一拜，结束的时候拿一盏灯，要丫头拿绿灯，要小子拿红灯。“那时候光靠萝卜灯不够亮，跑的时候每个人手里还得自己提着灯笼。现在，转圈都用红布围上，拉上了彩灯引路，你们研究的人觉得不传统，但村民不懂得这些，反而觉得挺好看，也实用。”

黄河阵有出将、入相两个井口，《怀来县志》说里面“作九街十八巷形，宛转贯串，入者往往迷焉”，形容得非常恰当。当地人认为顺利跑出来就能祛除邪祟，故而又叫“走百病”，若是从缝隙中钻出来就叫“钻狗洞”，要走一年的霉运。陈大娘说：“起初黄河阵里是有灯官和秧歌队带着跑的，因为黄河阵里面也撒灯，也扭秧歌。这就不光是咱们营子的人了，其他营子的也来参加，秧歌队也来，哪天也得有好几千人。”

三、伞头忙筹划

撒灯求的是风调雨顺、五谷丰登，看的是高跷绝技、秧歌滑稽，可背后都离不开伞头的筹划。伞头是对秧歌会首的特定称呼，就如皮影艺人称呼班主为掌箱的一样。为了弄清撒灯的老传统，我们分别对高杖子村伞头陈风华和白塔子乡伞头杨胜广、姜凤兰做了采访。

“我从年轻时候就当高杖子秧歌队的伞头，就好掺和这些事，村里人都叫我‘二老太太’，也算是个尊称。”66岁的陈大娘不但精神矍铄、性情开朗，穿衣打扮也特别时髦，全然不像一般的农村老太太，“现在还不行了呢，四五十岁那会儿还在秧歌队里踩高跷呢，现在扭扭就得了，再有个庙会、灯会啥的帮着张罗。”

据陈大娘介绍说，办3天的撒灯，一般伞头要从腊月就开始张罗，秧歌队少了二三十人，多了四五十人，再加上鼓乐队，谁来谁不来、哪天出场都得提前定好了。尤其是灯官老爷，过去办灯会好几个营子一块儿办，大的营子还分南队、北队，各个营子都争着出灯官，因为老话儿说出灯官的营子会出状元。一个秧歌队，得指派两三个人管。

“过了破五以后就开始正式筹备了。首先得收钱，一般都是伞头亲自出马。每户出多出少不强求，一般少的20元，多的50元，但都要记账。办一次撒灯，买纸买油就得四五千元，我们营子南、北两队加起来得用个八九百斤油，撒完灯要是再跑黄河，那光扎黄河就得五六千元。”

做灯捻得雇四五个人才行，做之前按老规矩还

撒龙灯祭祀仪式现场（朱佳摄）

旗丰收武安州辽塔撒龙灯祭祀仪式

颂祭文（朱佳摄）

得先请先生算算财神爷在哪个方位，就在哪个方位做灯捻，撒灯也从那里出发。“一般都是把谷糠和灶底灰用油拌了，再拿五色纸包成一团，拧上嘴儿就行了。”只是灯捻在不同的地方有不同的做法，并且与时俱进，不断改进。据白塔子乡伞头杨胜广介绍，当地做灯捻子最早是用毛草纸包灶灰或者用棉花捻成的，后来图省事用过玉米芯，但燃烧的时间短，也轻，风一刮就满地跑，容易引起火灾。现在则用松塔。“撒灯之前还要清理一下街道，柴火垛都堆好，风一刮怕失火，撒灯的人也要机灵点”，杨胜广强调道。白塔子乡现在也不提前收钱了，先由伞头垫付。十五当日撒灯入户，村民当场给。

值得一提的是，白塔子乡除了每年正月撒官灯以外，二月二还要在辽代白塔前撒龙灯并举行祭塔仪式！这一天早上不许走车，因为会“轧龙头”，家家还要撒灰“领龙”，就是从水缸那里拿上黑灰撒到井边，象征将黑龙领到井里，然后再从井边拿着糠撒向水缸，象征把白龙领进屋。天一黑，白塔底下灯火通明人头攒动，焚香上供祭祀白塔。塔前有两条用柴火摆出的巨龙，泼上油以后点燃，场面极其壮观。

四、灯官老爷显官威

敖汉的灯官老爷和撒官灯是掺和在一起的。敖汉地区撒灯主要分为撒官灯和撒黑灯，顾名思义，撒黑灯就是不带灯官老爷和秧歌鼓乐，只撒灯的民俗活动。而延安、甘肃一带又有孝子“撒路灯”的习俗，就是在出殡前一晚，由孝子将点燃的灯捻撒在自家门前通往坟地的路上，为死者引路，两旁有道士吹着唢呐随行。灯捻一般用棉花、锯末做成，还有讲究一些的用荞麦面捏成盅的形状再用棉花搓捻的。撒路灯讲究灯火长明，照亮整条路面。而敖汉的撒官灯讲究在正月十六撒鬼灯，为冤魂野鬼引路，极有可能是在撒路灯的基础上发展而来的，借用了撒灯“引路”的寓意来寄托请神、送鬼驱邪避秽的美好愿望。

那么灯官老爷又是怎么一回事呢?

灯官老爷查灯、罚灯，民间又称“灯官会”。根据老艺人们口耳相传的说法，灯官会起源于宋仁宗时狸猫换太子的故事。据传，包公到陈州放粮，遇仁宗的生母李娘娘喊冤，便在元宵佳节之际巧设灯会，以“不忠不孝灯”为前引，仁宗见了羞愧难当，终于与生母相认。此后当地每年都要举办灯官会，以颂扬包公的机智和无畏。现在敖汉撒灯的秧歌队里也有包公的身影。但传说终究只是传说，灯官会乃至灯官老爷一词，在宋代至明代的方志和笔记小说中都未有提及。

另据白塔子乡杨胜广等人介绍说，“营子里的老人都说早年间灯官老爷是很厉害的，不但有权查灯、罚没点灯的，还能抓赌、审案子，他审的百姓也得认头。都说他有四品的官衔，但是只在这三天有效"。《朝阳县志》里也说："时有以杂务相讼者，官须随时裁判之，非素昔言词滑稽者不能为之。"《归绥县志》亦谓："灯官由灯社推举，必以语言滑稽引人发笑者为之。"《满族的风俗习惯》中说"灯官遇见灯官要说官话"，则灯官会这一点与北京妙峰山等庙会上的杠箱会很是相似。只是杠箱会表演的内容不是老爷查灯，而是杠箱官押运钱粮。走会时由8人抬着4个有响环的箱子，抬箱者要跳着走还要翻跟斗，很讲究技术。杠箱官不但也乘坐独杆，仪仗也相似，都是铜锣开道高举着"回避""肃静"的牌子，还有拿着锁链的差役。允许百姓拦轿喊冤，当街审判，还会根据地域将人犯押送去大兴、宛平两县。这实在很奇特，官府的审判职权如何能够下放给一般平民，允许百姓嬉闹，有辱官威呢?

据陈大娘说，早年办灯官会得先向官府上报，因为这3日官府封印，所以灯官可以做3天的代理老爷。查史料《清稗类钞·十二月封印》中记载："京师大小官署，例于每年十二月之十九、二十、二十一三日之内，由钦天监选择吉期吉时，照例封印，颁示天下，一体遵行。"《清稗类钞·正月开印》中记载："官署开印之期，必于正月十九、二十、二十一三日之内，由钦天监选择吉日吉时，先行知照，朝服行礼，开印之后，则照常办事矣。"也就是说，清代竟是大小官署从腊月开始选择吉日封印歇假，最少也要休息到正月十九才开印办公，倒是与灯官老爷代行民间政务的时间相吻合。

但《雪桥诗话》中也写道："明武宗在宣府日，盘游无度，常聚乐妓数百人，骑从歌舞道路……灯夜，村庄城市多立竹木，设黄河九曲灯，男女中夜穿之，谓之销百病。每村镇设立灯官，有司先期给以札付，皂役舆从，衣服甚都。各铺户醵金为贺。其牌书正十品加半级或数十品不等。灯场有争斗者，许其薄责，开印日，缴札于官。"若此言确凿，则黄河阵与灯官至少在明武宗时就已经存在了，但值得注意的是灯官虽然得到有司认可，品级却是“正十品加半级”而非四品高官，他的职权范围也很有限，是仅限于“灯场”而非包揽民间诉讼。

清康熙五十一年（1712年）刻的《龙门县志》上也说：“上元节，公拟一人作灯官，地方官给以札付，择日到任，仆从拟□长，各铺户具贺资，以为工役费。街房灯火不遵命者扑罚，无敢违。自十四至十六三日夜为度。”另外怀安县、大城县等县志上也说“举一人”为灯官，虽由官府任命，但职权都仅在管灯火。结合前文来看，灯官的出现应是由于元宵佳节期间官府封印而百姓娱乐活动正盛，就每乡推选一个头目管理灯会的各项事宜，因此可以查灯、罚灯。

至于可以审理民间诉讼，恐怕是年代久了渐渐演变出来的，且同时伴随着官府势力的衰弱才有可能形成这样的局面。但与此同时，灯官也向着滑稽路线发展，最后干脆就由秧歌队里出演员扮演了。

但无论是撒黑灯、灯官会还是九曲黄河阵都不是敖汉原生的，这3种活动随着清代借地养民来到敖汉，并在这里汇聚成了一系列元宵节民俗，且加入防雹、减灾、留火道和辽代祭塔等当地特色。尤其是撒灯和灯官会，如今其他地方已经很难见到了，甚至一度认为灯官已经失传而徒留黄河阵，谁承想在敖汉还保存得如此完整呢。在赞叹之余，我们衷心希望这些民俗活动得以保存，也期待灯官会在陈大娘、杨胜广等民间艺人的努力下能再次焕发魅力！

黄河灯会（敖汉旗文化局丁海永摄）

16 呼图克沁

就像一群北方来的蒙古族神仙中混进了汉族神话故事中的悟空、八戒一样，呼图克沁这项起源于水草丰茂之地的民俗活动在其产生发展的过程中也杂糅了许多农耕文化信仰习俗。这个有趣的杂糅过程正是我们研究敖汉旗旱作农业发展所必须要探索的……

一、白老头儿

曾记得同敖汉旗文化局的于海永老师谈起摄影的时候，他对我说：“一张好的照片一定是有故事的，这样才不是看看了事，才能越品越有滋味。”同样喜欢摄影的我深以为然。未承想不久之后就在宣传栏里看到了于老师的大作，瞬间就被画面营造出来的神秘氛围所吸引：

“昏黑的背景反衬着一只五指叉开的大手，所有的光线都集中在手和手上挂着的佛珠上，一粒粒檀木珠都带着金光如同即将发威射出封印的法器。手的背后是小半张惨白的面具，由于手的遮挡只能看到用墨线勾勒出的一只圆眼和一只快要垂到肩上的大耳，光线从侧面照着神秘的面容，隐约看到眼角的尾纹和颌上的几缕白须。再往后看，另有一个脸蛋涂得粉红的女子面孔藏在他肩后的角落里，似是无心入镜，又恰好点缀了画面……”好的构图往往就是这样有层次感，层层深入、引人入胜。

“这是什么？”我问一旁正在布置展板的工作人员。

“哦，是呼图克沁吧。咱们这儿萨力巴乡的演出，照片上那个大白脸应该是白老头儿。跟咱们的秧歌似的，正月里到村里跳去，送祝福求好兆头什么的，不过是蒙古族的，唱词也用蒙古文唱。这儿张都是。”他一边说一边指了指展板下面的照片。忽然，一个熟悉的装扮引起了我的注意，不自觉地脱口而出：“那，怎么还有孙悟空呢？等会儿！那耙子，是猪八戒吧？这是啥？《西游·降魔篇》？”

“那我就不知道了。也是听说的，要不你找领导问问？”

带着一肚子的疑问，我们踏上了去萨力巴乡乌兰召村寻找呼图克沁传承人的行程。当地村民说“乌兰”是蒙古语“红色”的意思，“召”就是甸子，可能是土地比较肥沃、水草繁茂的地方。“这儿最早蒙古族

白老头儿（敖汉旗文化局于海永摄）

人多，现在基本上都半农半牧了。”我环视了一下四周的村景，土房磨盘，偶有几个村民牵着小驴拉着柴草，还真有几分浓重的农业气息。

“那您知不知道咱们这块儿有个呼图克沁？”我又向他们打听道。

“呼图克沁？”

“对，就是正月里戴着面具跳的那个。”

“哦，蒙古秧歌吧！西庙那边呢，这是东营子。你就沿着这道儿走到头，再往那边儿拐，看见那树没有，往那儿拐！”

二、面具“复活”

几经辗转，我们终于在乌兰召村西庙附近找到了白老头儿的扮演者金生的家。出乎意料的是，隐藏在白老头儿那方面大耳和宽袍大袖之下的竟是一副略显瘦小的身躯。但在与这位年逾70的老人交谈之中，他所迸发出来的那种对艺术的激情、飞扬的神采和发自内心的喜悦，却如一团炽热的火焰，燃烧着旺盛的生命力。

“呼图克沁不是蒙古秧歌！秧歌是扭的，我们是跳的，它有情节、有唱词，应该是蒙古族戏剧的雏形，那是一般汉族人只看个大概不懂里面的寓意才这么叫的。以前旗里办秧歌会还把呼图克沁当成杂耍，因为现在很少有人知道呼图克沁是请神降临人间送子、送祝福的，其实是很神圣的。它起源的传说就很神圣。”一进屋，金生就迫不及待地向我们解释起来。

“关于呼图克沁的起源我们这儿流传着3种说法。”金生说，“前两种都是说很久以前萨力巴地区闹了灾荒，河水干涸，庄稼枯萎，牛羊不保，有一位来自阿尔泰山的白胡子、白眉毛、白衣服的老神仙来到当地消灾，人们就叫他‘阿林查干鄂布根’，就是北方的白老头儿的意思。他当时一手拄着宝杖一手拿着佛珠，挨家挨户地为百姓驱邪、送福，灾难很快就平息了。后来人们就模仿他当时的样子进行驱邪送福，避免灾害卷土重来。其中一个传说说这事儿发生在鲍格都仍、曹德木都仍统治时期，有个叫嘎拉德恩葛根的人去阿尔泰山请来的白老头儿。另一说是清代海力王府修建以后，一个叫布尔固德的人仰天祈祷请来的，但是大同小异。第三种说法就不一样了，是源于吉格扎布求子的故事。说当时敖汉海力王府管辖的老哈河一带河川牧地放垦之初，有一个叫吉格扎布的人暴富，他有千头牲畜、万石粮，从海力王府迁出来另设放牧点，就形成了现在的‘萨力巴’，也就是分离的意思。但是他始终没有儿子，经高人指点举办了呼图克沁来求子。

“其实呼图克沁原本就是蒙古语‘求子’的意思，而且请呼图克沁求子特别灵。当时营子里有一户人家结婚好久都无子无女，请过一出呼图克沁后，3年内生了3个孩子，那孩子也生得方面大耳很有福气，有些像白老头儿呢。”

“但是艺人之间也叫‘好德歌沁’，就是‘丑角’的意思，因为表演起来十分滑稽幽默。比如演出将要结束的时候，求福的人家要把白老头儿的妻子曹门代藏起来不让走，曹门代也假装嫌弃白老头儿，就唱歌说跟你一块儿一件新衣服都没置办，还是留下来好，你看这户人家多富贵。这时候白老头儿就要唱《求情歌》把曹门代哄回来，说‘我对你这么好你怎么能抛弃我呢？我虽然老了，但是老来跟你也是个伴儿啊’这样的话，其实是用幽默的情节赞扬户主家条件好。”

提起面孔，我就又想起照片里那副奇异的面具，还有白老头儿身后那脸蛋涂得粉红的面孔，于是问：“不是演的白老头儿驱邪吗？怎么还有小姑娘和孙悟空、猪八戒啊？”

“一共6个角色呢！”金生回答道，“最主要的还是白老头儿。他法力高强，地位可以和如来平起平坐；黑老头儿是白老头儿的干小子，叫朋斯克，扮起来是黑胡子黑头发黑衣服；贵妇人打扮的是白老头的老伴儿，曹门代；他俩还有一个丫头，名字叫花日，这几个人都穿蒙古族服饰；孙悟空和猪八戒据说是白老头儿从玉帝那里借来的，虽然也戴面具，但装扮上就穿一般的戏装。最早孙悟空用的是两截短棒，各种耍法，现在很少有人会了，就拿一根长棍了。”

“那面具在你家收着吗？我们可不可以看看？”

“烧了!”金生干脆地回答道。

呼图克沁面具焚烧仪式（敖汉旗文化局于海永摄）

呼图克沁所用面具（敖汉旗文化局于海永摄）

"啊？"

"呼图克沁的面具是用纸做的，每次演完3天必须要架起火堆跳送神的舞蹈把它烧掉。呼图克沁一请必须连续演3年，第一年、第二年在村子的西南边儿烧，第三年在西北边儿烧。这上面附着神，一般人家里摆不住，没有那么大的福分会倒大霉。说起来，唉……"金生忽然叹起气来，神情也晦暗了很多，说道，"我那时候不信邪，面具就没烧，结果当年孩子就因为车祸去世了。"

"哎呀。"我们也跟着感到一阵惋惜。

"我开始还不信，觉得是个意外，就又留了一年，这年家里的牲口

白老头儿（敖汉旗文化局于海永摄）

因为各种缘故不断死亡。因此这些面具演出完后一定要烧掉，下年再重新做。”

“您来做吗？还是有专人？”我问。

“营子里有个叫余学龙的会做，是个60多岁的蒙古族人，平时种庄稼，但是手巧。面具也不能够提前做，一般要求呼图克沁，户主都要在正月十三之前来请，但户主不能自己来，要找村里的‘吉祥’人。然后才去做面具，就是用纸掺一些糨糊和水胶贴出来，干了后再上彩、穿绳就行了。一个得100多块。做好后可以先供在演员家里，每个人供自己演的角色。到了正月十三一早要沐浴，穿好戏服，再拿上面具先到喇嘛

面具制作（敖汉旗文化局于海永摄）

庙里去‘复活’！”

“复活？是说请神附到面具上吗？”

“对。喇嘛念经请神逐一复活，先复活曹门代，然后才是白老头儿、花日、朋斯克、孙悟空和猪八戒，不能颠倒。请神以后就不许拿回家了。这一段时间演员的生活也要特别检点。”

三、请神入户

“现代人除了求子，求五谷丰登的也很多。以前演出的范围很大，不只是西庙和东营子，整个萨力巴、西山、张家营子、赵把胡同、哈里沟、安家胡同都去过。哪里求就要去哪里演出。现在会蒙古语的人都少了，懂行的就更少了。因为这是有剧情的，所以不是演员单纯地演，还需要户主配合给垫话。比如唱《求情歌》那段，你得留啊！现在很多人不懂，不知道藏曹门代，那就只能省了。”

有感于许多老艺术就是这样一点一点丢失到什么也不剩，根据金生的讲解，我将呼图克沁的表演流程记载下来说与大家知道，其中也不乏有趣的讲究和桥段可供大家品味。

复活仪式过后，呼图克沁的表演队伍要从喇嘛庙出发，扮演孙悟空和猪八戒的两位艺人要走在最前面蹦跳着开路，白老头儿居中，领着一家人迈着四方步走在后面，表现得泰然自若，鼓乐队压在队尾伴奏，演员则一边唱着“东边有响水瀑布，还有带字的红山峰……草原上有肥壮的牲畜，白马石河畔住着公爷……”的《敖汉赞歌》，一边向请求赐福的居民家中走去。

演员到达住户家，不能直接进门，而是先要高唱寓意敬佛得福的《达拉拉嘎之歌》，祈求“飞来的、迎面而来的、突如其来的”各种福禄都降临到这户人家。户主人家也含糊不得，需要请一男一女两位上了年纪的全命人手捧奶酒上前恭迎老活佛（白老头儿）的到来，还要鸣放鞭炮，取意将天上的神仙惊得掉下来。

进入院中之后，白老头儿、黑老头儿跳上十几二十分钟的盘肠舞，并挥舞着神杖向四面八方指指点点，模仿打猎、射箭等动作，象征驱邪逐恶，曹门代、花日则挥动法巾进行赐福，孙悟空和猪八戒也在场中驱逐恶魔。舞蹈的路线类似汉族的秧歌，曲折环绕好似羊肠，故而称作盘肠舞。各角色的舞蹈虽然各有特色，但基本动作都是在蒙古族舞蹈中所常见的，如颠肩、抖肩、跨腿跳、端腿跳等，孙悟空、猪八戒的动作也是蒙古式的，只是悟空加了些瞭望的动作，而八戒则跳着用耙子做锄地的动作。这个过程中白老头儿如果和黑老头儿面对面相遇，就必须转身背对而过。

院中驱邪过后，白老头儿要率领一家人进屋赐福，留下悟空、八戒到马圈、猪圈等处驱邪，有时候八戒会假装犯懒到一边歇着，户主必须用糖果贿赂他他才起来干活儿。只是现在很多年轻人不懂这套，白老头儿进屋以后这两个角色就闲置了。现在多用年轻演员扮演悟空、八戒，早年间此二者戏份很重，要使尽浑身解数逗大伙儿开心。猴子脾气急，还有负责催促白老头儿快进屋、结尾去抢曹门代等推进剧情发展的任务。

进屋的过程也十分有趣。白老头儿指着门槛故弄玄虚地问黑老头儿说：“这是啥？”黑老头儿说是门槛。白老头儿就要假装赞叹说：“哎呀，朋斯克！你看这南方人吃得好，门槛都这么高，猪羊也多，鸡鸭成群。快扶着点你爹我，可别给我绊倒了!”其实就是夸奖主人家富贵，门槛高，地位就高。进入以后白老头儿不但要继续保持看啥都稀奇都赞叹的滑稽风格，还要向户主问好，问孩子好、牲畜好，户主都要一一作答说“好”。就好像汉族结婚煮饺子不煮熟故意问“生不生”，新人必须回答“生”一样，就借这个吉祥话。这期间户主还要给白老头儿递上烟、奶茶、馒头，演员都以夸张和滑稽的形式夸送来的东西好。此外，白老头儿还要唱《祝福歌》《四季歌》等曲目赐福，户主敬茶时唱《四泉水》，赞美户主就唱《阿日本乌查日拉图》。通常都是诸如“你有瓦房你比谁都富裕”“你前面流着河，祝你六畜兴旺”“你开烧锅，你的子孙后代都来帮忙”“你骑着白马，圈里牛都满了”“你要像榆树一样长命，名声像高屋一样”之类的奉承话。

这时如果户主人家要求子，就要男女双双跪在白老头儿面前诚心祈求，白老头儿就说我来的时候身后跟随了很多子孙的魂魄，就给你们最聪明、最好的一个，说着拔下一根胡须穿上铜钱叫夫妇收好，说你们诚

求子（敖汉旗文化局于海永摄）

心地供奉着佛爷的胡须，就一定能生个大胖小子，来年我再来给他取个名字。

临走时白老头儿会对黑老头儿说："你要看着点你娘，南边的人挺坏的，可别偷偷把你娘藏起来。"其实是提醒这户人家好把他的老伴儿曹门代藏起来。白老头儿找不到老伴儿就要唱前面说的《求情歌》了，大意是说："我们从北边来的时候是怎么过来的，你怎么跑到南边看见人家荣华富贵就把我给忘了呢，把我甩掉了呢？"曹门代也要对唱："看看你给我做的白褂子我穿了多少年了，已经新三年旧三年缝缝补补

呼图克沁祈福（敖汉旗文化局于海永摄）

又三年，我穿够了，我不跟你走了。”这是呼图克沁最精彩之处，用戏剧和喜剧的情节寓意这户人家生活美满富贵，比神仙还幸福。

四、五谷丰登

就像一群北方来的蒙古族神仙中混进了汉族神话故事中的悟空、八戒一样，呼图克沁这项起源于水草丰茂之地的民俗活动在其产生发展的过程中也杂糅了许多农耕文化的信仰习俗。这个有趣的杂糅过程正是我们研究敖汉旗旱作农业发展所必须要探索的。

首先，从呼图克沁的3个起源传说上来看，无论是“旱灾说”还是

“求子说”，呼图克沁的起源都指向海力干府建立之后，而清廷追封岱青杜棱的长子衮诺木杜棱为多罗郡王（即海力王），封其孙玛济克为多罗郡王是在顺治五年（1648年）。距离康熙实行借地养民、招民垦荒已经不算远了，何况清廷从努尔哈赤之时就有教谕蒙古诸部垦荒的告谕。而“求子说”，更直指其诞生时间是在老哈河一带河川牧地放垦之后。

其次，就表演内容和祝词寓意来讲，祈求五谷丰登的户主逐渐增多。呼图克沁表演曲目中还有专门祝福户主丰收的《祝福歌》，大意是：

祝福户主种在平川上的庄稼，割上五万捆，拉满五六个场院也拉不完；

祝福户主种在河湾里的庄稼，割上三万捆，拉满三座宝塔也拉不完；

祝福户主种在坎子上的庄稼，割上九万捆，拉到九门九关的锦义州也拉不完！

曲目《西京》更表示要维护嘉庆皇帝的统治，“使亿万百姓的庄稼喜获丰收”。

最后，在表演形式上呼图克沁也吸收了不少农业民族的民俗活动。开篇我们就说呼图克沁不能等同于秧歌，因为秧歌靠扭而呼图克沁靠跳，还有抖肩等蒙古族舞蹈的经典动作，这从白老头儿等人的装扮上也能看出来。那么汉族人为什么会认为呼图克沁像秧歌呢？因为它表演的形式滑稽幽默，表演的时间也在元宵佳节期间，表演队伍中还有我们熟悉的孙悟空、猪八戒。

其实从呼图克沁的名称演变上，我们就不难发现其吸收农耕文化的

焚毁面具（敖汉旗文化局于海永摄）

过程。呼图克沁的原始名字是求子、送福的意思，后来发展出了丑角。求子、送福是神圣的，丑角是滑稽的。再看表演中的请神、供奉面具、焚烧面具以及白老头儿用法杖到处指指点点等过程，也都带有明显的驱邪仪式特征，近似于查玛舞，这显然是仪式诞生之初所应具备的模式。然而在表演的时候又常常表现出类似秧歌和灯官会的打趣情节，使之更为戏剧化、世俗化、娱乐化了。

孙悟空和猪八戒的加入也是一样。呼图克沁的原始传说中并没有他俩的身影，后来才传说这4位神仙在途中遇到阻碍，于是请如来叫孙悟空和猪八戒帮忙开路，因而他俩演出时一定会在最前面。这个解释有些矛盾，因为传说中白老头儿法力无边是老佛爷，这样一来倒显得孙悟空、猪八戒比他的能耐还大一样。因此不难推想，此二者是在汉人大量涌进萨力巴，农业及农业民俗活动有所发展之后才被吸收进来的。毕竟在表演过程中，白老头儿一家被请进户主的屋内，而孙悟空和猪八戒则负责在院内降妖除魔，可见他们是始终被当作“外人”看待的，不像白老头儿一家这么亲近。

17 秋月围墙

2015年7月，我们第一次来敖汉乡间做调查，第一次住大窝铺村的农家院，第一次知道这里的村民还持续着日出而作日落而息的生活习惯，晚上9点以后，万籁俱寂。从被采访的村民家一出来就有些蒙了……

一、遭遇"鬼打墙"

"是这边儿吗？"

"是吧，来的时候往左拐，回去不该往右了吗？"

"可是刚才不是往右拐过了吗？"

"哎？"我们忽然集体停住脚步，"那这儿到底是哪儿？"

"你带的路你问我？手机都照亮点儿，你那小手电也'摇'起来，咱们先看看，第一天出去采访就迷路，太丢人了！"

2015年7月，我们第一次来敖汉乡间做调查，第一次住大窝铺村的农家院，第一次知道这里的村民还持续着日出而作日落而息的生活习惯，晚上9点以后，万籁俱寂。从被采访的村民家一出来就有些蒙了，没有人声，没有路灯，月亮倒是高悬在半空，洒下的光却如同照进了一个深潭，根本辨不清脚下的路。

"要不找个人问问吧，曹大姐是妇女主任，她家在哪村庄应该都知道。"

"万不得已再说吧，人家都睡了你去拍门多遭恨。先往那边儿走走看，地方宽，我记得来的时候路挺宽的……"说着我们又摸索着向前走了二三十步，前面带路的师弟忽然停下，道："是挺宽的！嗯，挺宽的一道墙。"

"你个熊娃，不知道师姐没戴眼镜，5米之外不辨牛马吗？但是这墙也有点儿太宽……呃，长了吧。"我往两侧照了照，手机终究不是专业照明设备，光线打出个几米就被黑暗吞噬了，"你那手电还能摇快点儿不？"

"不能了！它不能储电，摇冒了烟也就这么点儿亮。没想到晚上这么黑啊，我就随手放包里，想着晚上万一去个卫生间啥的……"师弟委

土围子（朱佳摄）

屈地说，但还是加快了摇速。

“这两头儿都看不着边儿，得有几十米长了。”

“会不会是‘鬼打墙’？好让咱们找不到路，在外边儿游荡！”另一个师弟逗闷子说。

“那这鬼得多下本儿啊？一眨眼的工夫打个好几十米长，两人多高的墙，还夯土？”我鄙视地说，“搞不好是过去地主家的院墙，咱们不是正好要找大姓人家吗？可以考虑先趴门口望望情形。”

"门在哪儿？"

"可能是后墙……绕过去！"随后我们沿着这忽然出现在眼前的土墙走了不知道多少步，终于瞥见了一个豁口。"这块儿塌了，"我踮着脚往里张望，遗憾的是里面依然是土路和民房，并没有院落！"要不就是以前村子的围墙，后来村子扩大了就废弃了？"

"姐！你看，那隐约有灯亮的是不是我们买东西的小卖部？"

"搞不好就是，一般人家都熄灯了，先冲过去再说！曹主任家就在对面的街上。"

二、再探土围墙

"你说前街那个？那是土围子！"次日清晨早饭桌上，我迫不及待地向曹大姐一家打听起昨天的土墙，她家老公公告诉我们那是过去村里防土匪修的围墙，"土匪来抢粮食、抢大烟膏子，村里人就带着粮食躲进去，那土围子你白天看，墙上有枪眼儿，四角还有炮台呢！"

"还有炮呢？"

"有，也是土炮。火药夹着沙子那种，但是管用，墙也厚也高，土匪一般进不来。"

"村民都能躲进去吗？还得堆粮食，那得多大啊？"我问。

"能，大着呢，你看见的那块儿残了，四面墙呢，房后往西走还有一大段，那炮台都还在呢。旧社会年年闹土匪，一年好几次。"

"咱营子有吗？"

"有，有个叫刘扫北的。反正我也是听说的，他三几年那会儿就死了。以前老人都说他厉害，个子不高，圆乎脸，人看着就特机灵，能使双枪。传说他骑个大白马就这么跑，双手打靶子没有不准的。他手下大概有好几十人，后来想抗日就投靠国民党了，好像还当了营长，那时手里有好几百人了。但他得罪了部队里边的人，好像是被打死了。”

“那土围子啥时候建的啊？”

“那可不知道了。你得问问更老的人了，或者就到土围子那附近打听打听。先吃饭，一会儿领你们过去。”

白日里再看土围子的断墙，才显出它的年代久远。3米多高的围墙大多坍坏损毁，我们量了量残存的基座，大概有三四米宽，然后呈梯形逐渐往上收缩。村民说墙头大概也有1米多宽，夯筑的时候可能分了两层，受雨水侵袭、人为损坏，部分墙体能明显看出只剩下了一层。墙体表面每隔3米多可见一个接缝，用黄土填充，表面抹了草泥，这应是分段夯筑留下的痕迹。

我们沿着土墙走了一遭，寻找炮台、枪眼儿的痕迹，不时指指点点，一位晒太阳的大爷看我们手里“长枪短炮”的很是奇怪，就过来询问，凑巧我正愁找不到人指点呢。自我介绍后，我忙拉着大爷给我们讲这土围子的故事。大爷名叫张志国，年轻时做过教师也种过地，他告诉我们土围子在伪满洲国以前就有了，那时日本人让村民种植大烟上交，所以土匪不但抢钱抢粮食也抢大烟。中华人民共和国成立前敖汉土匪颇多，一年能来两三次。村民听见动静就往土围子里跑，一次他母亲跑晚了被土匪捉到，土匪就在围子外面喊话，说不把大烟送过去就把他母亲当场打死，他父亲只能战战兢兢地给送过去。

“这都是刘扫北干的吗？”我问，心想着这种家伙是不是真的有心抗日。

“不是，刘扫北是这营子的，兔子不吃窝边草。这营子他不动，但其他土匪来抢他也不管。他家以前是小门楼的，后来可能是来我们营子抢东西，看上老杨家的女儿了。就上门说亲，那敢不成吗？老杨家家世

双层夯土墙，右侧内层已坍塌（朱佳摄）

也好，就落到老杨家了。所以他不抢咱们营子，一般都抢北边儿的。咱们这边儿主要是龙凤沟那边儿的贼！”

“那外边儿的贼怎么知道这营子有东西呢？”我问，“再说贼一来咱就往土围子里躲，他们得不着便宜是不是以后就不怎么来了？”

“有奸细！”大爷气愤地说。原来，这土围子不但四角有炮台，还每隔五六米远就有一个土枪眼，一般贼来了围个两三天也就散了，但是村里有个叫王凤学的和贼勾结，土匪围了两三天就佯装走了。王凤学得知村民松懈了，就吹扁牛子（像海螺一样的号角）报信，贼就杀回来往土围子上冲，谁家有好东西、有人没藏好，他也带着搜捕。

后来翻找文史资料时，发现中华人民共和国成立以前敖汉几乎每个

原炮台所在地（朱佳摄）

村镇都有土匪，1946年还发生了土匪吴老广攻击我党在小河沿新建政府的恶性事件。当地村民也是以小河沿街四周的土围子为依托，英勇抵抗土匪侵袭的。

三、围墙，做“杖子”

《释名·释宫室》曰：“墙，障也，所以自障蔽也。”如同烧锅地这个名字在敖汉随处可见一样，敖汉不但有大庞杖子，小宫杖子，大、小范杖子以及北范杖子，还有吴家、池家、翟家、许家、郝家等各种杖子，简直大有要凑够百家姓的势头。前文总提到的唱皮影的蒋大爷就是从范杖子搬到宝国吐街里的。起初听人提起这“杖子”那“杖子”我还寻思着是不是老丈的“丈”，就是范老丈家的地方，好像陈员外、李员外那样。一打听笑掉了大牙，原来“杖”本来是障碍的“障”，流传得久了就写成了拐杖的“杖”。

那“杖”又是什么呢？其实就是类似篱笆的东西，将树枝、木棍、秫秸插在地上形成一圈简易的围墙，故名“障子”。古时野兽时常出没，住在山沟的村民就用“杖子”防范野兽。也有的将杖子底部埋在土里，在表面涂上泥加固。因此，常有人认为杖子是围墙的始祖。

其实二者就做法而言根本是两个套路，不可相提并论。

中国古代土墙一般有两种做法，一种是夯土版筑，一种是土坯砌筑。大窝铺村的土围子就是夯土版筑而成的。具体做法是，先在地上打上桩子，把两块三四米长的板子卡在中间，两头堵好形成一个箱子，再往里填土，然后用磙子或者木桩夯实。填充的土要选黄的，越黄黏性越大，夯打以后越结实。夯打前要先挑出杂质，打碎土块再用水浸润，反复搅拌，使水分均匀渗透后再趁湿夯打。一般要先三花打再五花打，三花打就是三点一线地打，先打两侧再打中间，五花就是梅花桩，也是中间最后打。打好一层，板子上移再打第二层。像土围子这样的大墙一般都是逐渐从底往上收，因此截面呈梯形，3~5米的墙基上收到1米左右。土墙打好以后要抹两次泥，第一次掺秫秸碎，第二次掺上黍糠，这样有防止雨水侵蚀的作用。墙和墙之间的缝隙也要靠抹泥填充。大户院墙的顶上还会再垛一层“帽子”，就是搭上四五十厘米的秸秆，在秸秆上再垛泥，来防雨，一般3~5年换一次。现在敖汉一般民居仍然喜欢用夯土墙做山墙，经济实惠、冬暖夏凉，有的为了防雨再在外边贴一层砖。

土坯砌筑则类似现在的砖墙，不同的是土坯砖不是烧的。做土坯砖就是将泥掺上草拌匀，放在大约长30厘米、宽20厘米的木框里砸瓷实，

刘景玉爷爷讲述房顶和墙头的做法（朱佳摄）

再脱坯晾晒，然后砌墙。后来我们就土坯砌筑向魏大爷请教，他说："最好的土坯砖是摔出来的。把秸秆剁成10厘米左右，和泥弄个大概的形状。然后反复摔瓷实了再晾干才能上房。因为太费事，过去只有大户人家才用得起。"

另外，地主和大户人家的院子也常常做类似土围子那样的高大围墙，四角也设置炮台来防土匪。据魏大爷回忆，福乘永烧锅铺的大院，共设置了5个炮台，其中4个圆形炮台，1个方形炮台。炮台足有1.5~2米宽，四五米高。墙上有个用秫秸做的"囤凸"，大概高三四十厘米，一是防止被雨水浇，二是怕人上去。

这两种土墙的做法一直流传至今并不稀奇，40多年前北京郊区有些人家盖房子也仍然这么做。稀奇的是，敖汉早在4000多年前就已经出现夯土和土坯包面的建筑了。

西白马石沟的夯土房址构架（朱佳摄）

四、千年墙上土

那么夯土围墙究竟是如何发展而来的呢？

其实开篇在介绍华夏第一村的时候也提到过，当时考古人员在兴隆洼遗址第一地点地表发现了一条东北—西南长183米、东南—西北宽166米呈不规则圆形的灰土带，经发掘得知这条灰土带是一条宽1.5~2米、深0.5~1米的壕沟。壕沟环绕的内部，地表可见约百处灰土圈呈东南—西南方向排列，这就是先民所居住的半地穴式建筑。考古学上称这种聚落形态为环壕聚落。由此可见，敖汉先民所修建的最早的防御设施就是这条我们现在可以轻松越过的“壕沟”，这可能很难防人，多半是为防止野兽侵袭而修建！

敖汉的赵宝沟遗址尚没有发现明显的壕沟，但到了红山文化中期，敖汉西台遗址发现了两道呈“凸”字形的围壕，宽2米、深2.5米，将房址与窖穴环绕在内；处于红山文化晚期的兴隆沟遗址第二地点，发现了平面近似长方形的壕沟，剖面呈倒梯形，沟口宽1.12米、底宽0.47米，现存深度0.51～0.72米。值得注意的是，纵然考古学研究认为红山文化王权与神权相统一，已具备国家雏形，甚至称西台遗址的壕沟为“城壕”，但相对于同时期我国南方的史前聚落来说都是相对较小的。如距今6000多年的半坡遗址的圆形壕沟，虽然形状不甚

房梁结构（朱佳摄）

窗的做法（朱佳摄）

二道井子房址（朱佳摄）

规则，却深达五六米，开口足有六七米宽。这条环壕还有一个显著特点就是环壕内侧比外侧高，据推断是挖沟时不断向内侧堆土所致。

也就是说，早期聚落的防御设施和住所一样都采用了向下挖掘的方式进行修建，这很大一部分要归因于生产工具的落后致使挖掘更容易进行，但挖沟后开始向内侧堆土，却奠定了中国几千年夯土建筑的基石！为什么这么说呢？因为对沟边上的堆土进行夯筑就成了墙；壕沟里引进水，就成了护城河！只是引水的壕沟出现较晚，而敖汉史前的环壕内不见排水和蓄水沟渠，故而都是干沟。

敖汉在红山文化时期还没有发现明显的沟边堆土，但到了距今4000~3500年前，大甸子乡的夏家店下层文化遗址壕沟内侧就出现了堆

三座店房址（朱佳摄）

土做墙的遗迹。其中在第二地点发现的夯土墙体为一次筑成，现存墙垂直高2.25米，墙底宽6.15米，有直径7厘米左右的圆形夯窝。墙两侧向上收，呈梯形，与大窝铺土围子相似。墙体内外两侧还有一层护基夯土，残存宽2.4~2.6米，厚0.25米。在第三地点发现的夯土墙有门道，门道两侧堆砌石块疑似给土墙的缺口包边儿用。路面用石块铺砌，防止踩踏破坏，也有防止流水冲刷破坏路面的排水作用。

赤峰市二道井子夏家店下层文化遗址中挖壕沟取土的做墙方式更为明显。该处环壕呈圆形，南北长约190米，东西宽约140米。剖面呈"V"字形，口宽虽然仅为0.8米，底宽也只有0.2~0.35米，但深度却有6.05米，且与基宽9.6米、残高6.2米的土墙连在一起构成深度超过12米的

三座店岩画（朱佳摄）

立面，这就非常难攀越了。墙体随着城墙的扩建不断堆砌达7层之多，个别地段不但进行夯筑，还出现了土坯包砌的做法。至此，中国两种传统土墙砌筑方法都找到了源头。

值得一提的是夏家店下层文化时期是地面建筑的大发展时期。二道井子发现的半地穴式建筑有4座，而地面房址达140多处，且有不断在原址修建的迹象。房址墙体多数为土坯叠砌，少数夯土建筑，内外抹草泥做保护的做法也与今天如出一辙。部分墙体向中心收疑似为券顶。院墙和廊也在这一时期出现，如今到二道井子遗址博物馆参观，站在脚手架上俯视可以清楚地看到这座小城的街道走向和中心广场。

位于三座店的夏家店下层文化遗址是一座石城，有“东方特洛伊”

之称。该遗址的文化堆积厚度达4米以上，该遗址早期房址均为圆形半地穴式，但稍后期就出现了外圆内方或圆形的地面土墙夯筑；晚期还出现了石砌的圆形房址，部分石砌房址可能是为了保温，做成了双层墙。

何以在夏家店下层文化时期，地面建筑得到空前发展呢？而且十分完备，不但砌墙的技术较为成熟，石头包角贴面的技术也出现了，甚至出现了院落、回廊。二道井子还出现了门槛和门墩。结合环壕和土墙来看，我大胆猜测，很可能是外部因素的刺激——战争！毕竟壕沟修得再宽也无法阻止远程武器的攻击！还记得小河沿文化时期，新惠镇房申村西山头墓群那副胸、颈部带着箭头的人骨架吗？头骨用陶钵代替，不能不猜想是在惨烈的战争中遭到了斩首。遗憾的是目前小河沿文化的发掘还在起步中，没有足够的遗址给我们进行分析，否则这个突变的过程可能会展现得更为清晰。

壕沟与围墙就好像杖子与围墙一样，从防止野兽到防止同类，是技术的进步，却难以令人欣慰。

三座店疑似门址（朱佳摄）

三座店防御设施——马面（朱佳摄）

18 玉泉潭影杏花醉

我将这种“种粮—酿酒—养牲畜—施粪肥”的循环经济模式称为烧锅铺的“千金方”，它的价值不亚于失传已久的“杏花醉”。如若敖汉农业的未来发展是要做绿色生态的家庭农场，那么这种一点儿不浪费又天然无公害的循环利用模式就很值得借鉴……

一、遍寻“烧锅地”

犹记得初从敖汉乡间调查回来，农业局的领导问我感受如何。我老实回答说：“呃，这个怎么说，算是有利有弊吧。”利的是这里民风淳朴、百姓热情好客，无论男女老幼皆待我们如自家人，问问题做采访也是知无不言言无不尽，自己不清楚的还主动帮着联系其他村民，实在令人感动；弊的是从客人飞速上升成家人以后，总得喝上三五杯才算主人尽了地主之谊，客人不辜负了朋友之义。我那时初出茅庐，带着个更嫩的小师弟还真有点儿怵头，逗得领导们哈哈大笑。

算来敖汉人爱酒是大有历史渊源的，早在赵宝沟文化时期就出现了疑似酒器的“尊”，红山文化，夏家店文化上、下层时期觚、爵之类的饮酒器更是层出不穷，下湾子辽墓东西壁上绘制的《宴饮图》，画中画有带着泥封的牛腿瓶置于带孔的架子上，猜测为窖酒器。[1]足可见敖汉饮酒、制酒史的深远，而酒的酿造需要大量余粮，就必然建立在农业足够发达的基础上。

而今在敖汉走上一遭，时常能见路标上出现“烧锅”二字，长胜长林线附近有个“烧锅村”，大甸子乡附近有“中烧锅沟”和“烧锅地村”，贝子府附近有两个用“烧锅”命名的营子，四家子镇也有两个，到了金厂沟梁还有，我索性粗略扫了一下地图，就发现了10多个以“烧锅”为名的地名。再查《敖汉旗志》[2]，清道光年间新地乡三官营子有天益泉烧锅，年产白酒百吨；清光绪年间，下洼镇有福兴昌烧锅、大甸子乡有王四台烧锅、长胜有福兴居烧锅、榆树林子有福太兴烧锅、宝国吐有太兴当烧锅，这些还仅是工人达到30人以上、年产白酒在10吨以上的大铺子。因此，呼图克沁里白老头儿的祝词里才会唱道：“你开烧锅，你的子孙后代都来帮忙。”

然而，对着地图我却陷入思考，那么多地方以“烧锅”命名，是烧锅买卖做得大，久而久之取代了原来的地名，还是原来就建在荒地上开辟的呢？若是后者，又何必非要避开原有的村庄呢？是占地面积太大的缘故，还是另有隐情呢？一时间令我百思不得其解。直到祈雨仪式筹备那天，我和皮影班的老艺人们聊天时忽然想起这件事，心想着老艺人们早年间背着影箱走南闯北见多识广，说不定知晓其中的缘故，不想陈连昌陈大爷还真说出了门道：“叫烧锅的地方都是做烧酒的作坊，铺子单开在比较繁华的地方，起个好听一点儿的名儿啥的。其实也是杂货铺，只是主营烧锅，也卖些油盐酱醋之类的；作坊一般就选偏僻的地方，为啥呢？烧锅做的时候不是冒汽吗？有蒸汽，老年间就认为那破风水，在哪里开作坊哪里风水就给毁了。所以大财主要么选荒地要么都到别的营子去烧，不祸害自己的营子。要不下洼老程家为啥在宝国吐开烧锅呢？但是也有不信邪的就在自己营子开，还是利益为重嘛。”

“是太兴当吗？”我问。

“是什么记不住了。应该是。宝国吐一共有两个烧锅，一个在河东，原址就是现在乡政府那块儿，一个在河西刘振有他们家那块，相隔也就1里地。河东的叫‘广盛堂’，是个姓康的山西老板开的，占地面积最少也有20多亩，前面是门市，里面是厂房、风干房，还有占地两亩多的猪圈。那河西搞不好就是太兴当。”

“那时候的烧锅可好了，那烧锅！”过来倒水的滕振宗爷爷忽然插话说。

“您喝过？”我问。

“我听我爹说过，我自己后来也喝过。在宝国吐买的，做法还是一样，但是不是老康家的就不知道了。那酒！度数高，顶现在的酒精还纯，一点儿水没有。用火点，点完了，一点儿不剩。喝完了是甜的，当时胳膊腿就不听使唤，但是睡醒了以后一点儿都不头疼。那酒好！”滕爷爷绘声绘色地给我们讲起来，那表情很是回味。

“那他们用什么酿的啊？”我问。

“用谷子、高粱、玉米、黑豆、荞麦，5种粮食加上曲子酿造。1斗高粱掺上其他粮食就出5斤酒。纯高粱的也有，小米的也有。粮食就在附近收，一年光高粱就要100多石。”

“那现在还有哪儿用老方法做烧锅吗，或者还有人知道烧锅铺是怎么经营的嘛？”我追问道。

“那没有了……”

从兴隆沟回来，我对调查烧锅的热情仍然没有减淡，按《敖汉旗志》上提到的蛛丝马迹打了几通电话，请文化馆的吴馆长、大甸子的柴老师帮忙寻找线索，得到的回复却大体都是旧址在“文革”时期拆毁了，也就残存个墙，现在卖烧锅的虽然不少见，用的却都是现代化的设备了。打电话给魏大爷，问天益泉烧锅在高家窝铺的分号还有没有残留建筑，大爷说：“那叫福成永，是天益泉最大的分号，我父亲以前就是里边的工人，但建筑早拆了，东西都分了，原址就在我家后边，有个泔水缸就在我家，你见过啊，就是树底下那个大缸似的玩意儿，那是一块大石头掏出来的，能盛300多斤泔水，现在哪有人用这个啊。还有一样儿你也见过，但肯定想不到。”大爷神秘地说。我心说那大缸您不说我都猜不到，还有什么更难猜的呢？

“我那柜子啊！”

“啥？”

“炕对面那组柜子，那木头是原来的门板！是分的地主家的东西。”魏大爷补充说。我一时间简直不知该哭该笑。原以为这项调查就只能这样不了了之了，谁承想还会有峰回路转、无心插柳的一天。

二、巧遇“玉泉盛”

去金厂沟梁调查灯会时，我听于道长说下长皋有两位80多岁的老爷子特别会讲解当地的民俗风情，就慕名前去碰运气，不承想一头扎进了营子里才得知一位出了远门，另一位生病住院了。情急之下我问：“村里还有年纪比较大的老人能说故事吗？”

村民说：“哎呀，年纪忒大的也不多了。哎，对了！你去找老吕章吧，他岁数最大，得有个八九十了。他家也好找，门口有两棵树，就挨着宝善堂的大门。”

“宝善堂？”我忽然心跳加速，想起看文史资料的时候提到过这个名字，“是张履谦家的那个宝善堂吗？”张履谦是光绪三十年（1904年）进士，次年“公车上书”下令停科举，所以也是最后一班进士。进士原本不稀奇，但是自科举制创立以来赤峰地区总共就出过两名进士，再加上张履谦任热河府衙监督推事期间，因秉公判处鱼肉百姓的周苍而得罪权贵遭到外调，所以在当地百姓心中有很高的声望。

“对啊。这院儿里还住着个叫张利益的，也得70多岁了，就是他们家后人。这不前几年，去台湾的那几个张家后人回来还来看他，给重修的张家大门。说是按照原来修的，以前的不是残了嘛。”

“那……他们家的烧锅还在不在？就是那个玉泉盛！”

“在啊，也给重修了墙，就在宝善堂边儿上，挨着。一个院子住人，一个院子酿酒，那井不还在那块儿呢嘛。”

我撒丫子向前跑，老远就看到一个高大的门楼和一圈土墙，人在下面显得十分渺小。走近看，门楼上的木质建筑漆得鲜亮照人，土墙也像是被重新抹了一层土。“那厚的是老的，薄的就是新修的，老的残墙有5米多宽，分里外两层，夯筑得很结实，新修的也就3米多。老的就算坍塌了也不会完全损坏，新的不行，下雨浇都有坏的了。”住在附近的吕章老爷子给我们讲。他父亲、叔叔生前都是张家的耪青工，祖母帮张家洗衣服做佣工。我又指着门楼两侧的砖说：“这几块是老物件吧。这石头的勾缝，都是依照自然形状加工的，两块石头都缺角，缝儿大就用仙桃，缝儿小就雕莲蓬，缝儿是斜着的话莲蓬也雕成侧视的。还有那个是两个蟒衔着金环吗？”

“那是用白灰、大黄米（黍子）汤还有搅碎的麻混在一块儿制作的。凝固以后也很结实。”老爷子补充说，“你看这大石条放到现在或许不是个事儿，但是在过去，那得大马拉着轱辘车从关里运过来，这可要不少大洋。院子的地基全都是用大石条铺成的，石墙也是一块大洋换一块的条石砌成的。以前这个村的地全是他们家的，1945年，共产党来了把地都分给村民了。”

“这院子以前什么样儿啊？”我问。

“原来里面光瓦房就得46间，有4个院子。旁边那里就是玉泉盛。在这里开烧锅也雇了四五十个伙计连烧带卖，所以都管玉泉盛叫烧锅院儿。一进门就是卖酒的地方，再往里面走才是东家的屋子，客房在对街那块儿呢。”

“那是先有的玉泉盛后有的张家大院吗？”我疑惑地问，心想这一处还真不信邪，在自己营子里开不怕破风水的。

张家大院宝善堂（朱佳摄）

清末进士张履谦故居
宝善堂旧址
敖汉旗人民政府 立
二〇一二年八月

“这也不一定算张履谦本人的府邸。”吕老爷子说，“他家是从山湾子迁过来的，这块儿是他一个叔叔辈儿的叫张文璨的买下来迁过来的，张履谦他们的老宅子可能还在山湾子那边呢。”后来我向张利益老先生打听到了张家位于山湾子的祖宅，亲自到山湾子走访了一趟找到了张家祖坟。村民说张家老宅“玉春堂”在山湾子郭杖子村，已经无存了，虽然还有张家后人在村内生活，但对以前的事讲不清楚了。

“这里边还有个传说呢！”吕爷爷继续讲道。

“啥传说？快给我们讲讲！”

“我们这儿都说这烧锅是张家白捡来的，要不怎么在这块儿买地突然想开烧锅了呢。玉泉盛以前叫源承永，是个姓陈的山西人开的。那人家大业大到处开烧锅、开商铺，就委托给一个叫姜棒槌的掌柜管，自己回山西了，老也不来看，姜棒槌以为他不会再回来了，就便宜转卖给了老张家。”吕大爷慢悠悠地讲。

“那怎么是白来的呢？”

“你听下文啊。过去买东西不是都拿粮食换嘛。没有就先赊着，秋后打了粮食再算账，谁家有个红白事什么的也得先办事啊。要不说‘烧锅打酒——折上吧’。张家是不是也借钱放贷我不知道，但是这块儿的老百姓就欠了源承永不少钱，姜棒槌走的时候也没留账本，老张家说也没处对账去那就免了吧，以为也没多少钱。但是咱们这儿老百姓实诚啊，也感动，收获了以后就主动还回来了。最后说交上来的账差不多刚好抵上买烧锅的钱，可不就白来的嘛！”

“那，那姓陈的没来找过啊？”

“那就不知道了。传说嘛，就是都拣好的说。”

三、遗失“杏花醉”，参悟“十金方”

“那您知不知道他家怎么酿酒，有没有秘方？”我问。

“那不知道。有个人用他们的老法子做过一次，我喝着过，好喝。那酒得有60多度，看着黄澄澄的有油性似的。但是他嫌麻烦以后就不做了。工艺说是和现在没太大差别，就是原料，从酿酒到曲子都是自己做，啊，对了还有。”大爷忽然一拍大腿说，“有个井。”说着领我们到烧锅院儿去看了井，井口现在已经修葺一新，保护起来了。我趴在井沿儿上望了望，里面黑漆漆的，隐约能看见用条石垒砌的模样。

大爷说：“里面现在也能打上水来。这烧酒，还有杏花醉都得用玉泉盛那口井里的水去烧。”杏花醉！我又警觉起来了。据传玉泉盛有一名产就是“杏花醉”，说是家中小儿淘气，偷偷在坛子里搓了一把杏花，工人未及发现就封了坛，原以为酒就毁了，哪知道开坛后清香沁人，饮罢唇齿留香，杏花醉就是在此基础上改良而成的。“您说的那个会酿酒的人，酿的是杏花醉吗？”

“那早不是了。杏花醉在日本人来的时候就失传了。”

“被日本人抢去了？”我关切地问。

“没抢去，那能让抢去嘛。说是日本人看上这酒了，要秘方。张家人就把方子藏起来了，但是后来就不知道藏在哪里了。这块儿也让日本人给占了屯粮食用了。”我的视线沿着土墙环视了一圈儿烧锅院儿，如今已被分住的居民划分出各自的领地，早已没了往日的轮廓。我不由得想起宝国吐广盛堂烧锅铺里的规制，就顺口问了句：“以前里面是不是也有猪圈啥的？”

“有啊，不光是猪圈，也养牛啊、驴啊其他的畜生，你干农活儿、拉出去卖酒不都得用畜生，再有那酒糟肥料之类的正好就给它们吃了，也不糟蹋。”

至此，我忽然明白了这烧锅铺的经营模式乃是一种极其环保的循环经济！所谓的“烧锅地”并不是单纯指酒作坊，而是以烧锅作坊为中心的一大片农作区——即烧锅酒的原料基地。东家招募耪青工来自己的农田种植粮食作物，东家出种子、农具、粪肥等物，收获后与耪青工对半分粮（缴纳赋税和其他杂费以后对半分，此外还要给东家做工）。另有一位专职人员总管监督整个生产过程及物力摊派。同时用“以物易物”的交易方式换取附近百姓手中的粮食作为原料。

“烧锅院儿”是一个庞大的中枢机构，内有烧酒作坊将粮食酿成酒，酒糟给圈养的牲畜做饲料，牲畜可以做劳力，牲畜的粪便可以作为肥料；烧锅院儿的前院儿是商铺，负责出售，后院儿有粮窖仓库。商铺将商品散售给附近百姓，也成批运往附近其他的门市部售卖。也有一些大型的烧锅酒铺在其他营子开许多分号，这些分号已经不是单独作为门市卖酒，而是也圈地雇耪青工种植再开作坊做酒，经营模式如总号一样。后来魏大爷告诉我说，三官营子的天益泉烧锅分号就非常多，他知道的就有马家店、四德堂、建平街等处的，高家窝铺是分号中最大的。分号的人员配置都由总号包办，一旦发现有干得好的特殊人才立刻调往总号担任要职，文史资料里也说天益泉的大老板李成文、杨文玉就是从四德堂和高家窝铺调任的。

我将这种“种粮—酿酒—养牲畜—施粪肥”的循环经济模式称为烧锅铺的“千金方”，它的价值不亚于失传已久的“杏花醉”。如若敖汉农业的未来发展是要做绿色生态的家庭农场，那么这种一点儿不浪费又天然无公害的循环利用模式就很值得借鉴。而政府就是那个监管人，监督农耕过程是否绿色，监督食品加工有无过度添加，监督垃圾如何处理。这样的模式也是生产者和购买者双重受益的，生产者省去了化肥、饲料和垃圾处理的花费，购买者收获了健康，社会收获了可持续发展。

不觉间已是夕阳西下，有牧人放牛归来，穿过高大的门洞儿，还真有几分古韵。挥挥手，我们同吕爷爷及热情的村民告别……

注释

[1] 任仲书主编：《敖汉旗下湾子辽墓清理简报》，《辽西及周边地区辽金时期考古发现和遗址发掘资料汇编》，长江出版社，2008年。

[2] 敖汉旗志编纂委员会编：《敖汉旗志》，内蒙古人民出版社，1991年，第406页。

王泉盛大门（朱仲摄）

然而回想起来，总觉得还缺点儿什么。所谓酒逢知己千杯少，那“面”对知音就得可劲儿捞了！吃面不能太斯文，非要一桌子人瘫在热炕上，天南地北聊高兴了，喝尽兴了，末了端上这么一碗拨面垫底，“呼噜呼噜”地一吃才够味道……

一、夏“食”小米

“倒退个三四十年，敖汉人出远门都带着小米饭团。把焖好的小米饭用手攥紧实了，也不要什么形，就攥成一个个饭疙瘩塞饭盒里，再带一罐咸菜就着。我们小时候上学得这么凑合一个星期。”一次路过贝子府的时候，司机孙师傅指着窗外说，“这就是我以前上学的地方。”于是就触景生情地回忆起了学生时代的主要吃食。说起来，敖汉人忆苦思甜的时候总难以抛开小米饭团的影子，幼年求学带着它，稍长些出去谋生计也带着它。宝国吐的张铁匠回忆起自己出师后在岗岗村起火的时候，也说自己扛着自行车翻山越岭，三四十千米的路程，七八天才一个来回，吃饭就靠在村里找个人家借个火把干饭团熥了。只是经他们这么一说，就觉得如今商场里那种撕开包装即可食用的日式饭团做得实在太过精细，反而失去了方便快捷的本意。读古文常见古人用箪来盛食，故而有“箪食壶浆”“一箪食”的说法。箪，即可以随身携带的用来放干粮的竹筒。里面放的炒米、炒面等吃食叫作“糗”。南宋时，也有用桑皮纸打包卷饼当便当蘸着咸菜汤吃的。想来，农民贫苦，捏个饭团用苇叶等物包了揣在怀里出远门也应该很常见。

只是再这么说下去，今天的读者未免觉得太过凄苦，毕竟粗粮想来就觉得难以下咽，何况就着咸菜，心里、嘴里怕都不是个滋味，还不如熬粥。粥的好坏一闻香气，二看米油，三尝口感绵滑度，很大程度上取决于米。敖汉小米好，但不是年头久就好，而是历经8000多年岁月选育的优良品种和传统耕作无化肥、无农药的技术共同孕育而成的，故而有“满园米相似，唯我香不同”的美誉。

提起小米粥，张铁匠还给我讲了他的一次亲身经历。他做生意常年东奔西跑，一次去了南方某个小镇，早起看早点都怪模怪样的没见过，

小米锅巴制作（朱佳摄）

提不起胃口，转了一圈儿竟看到一个卖粥的小摊儿赫然写着原料为“敖汉小米”，不由得十分惊讶，急忙买了一碗，结果只喝了两口就喝不下了。老板见他放下碗直撇嘴忙问缘故，铁匠说：“你这哪是敖汉小米？这不骗人吗？”老板一听也急了，反问道：“你咋知道不是？你说不是就不是？”铁匠闻言哈哈大笑：“我就是敖汉人我还不知道吗？我们家产的，我一吃就吃出来了。”说罢就怕老板不信直接将身份证往桌子上一拍，惊得老板一时语塞，话都说不利索了。

敖汉煮粥的历史怕也很久远了。8000年前粟种碳化颗粒被发现以后，兴隆洼人如何食用这些小米就成了新的待解之谜。是像箪里的糗一样用石板加热炒熟还是蒸煮，由于没有做微量分析，一切还是猜想。单就出土文物来看，敖汉的兴隆洼和兴隆沟出土了大量的筒形罐，更早的小河沿文化也以筒形罐为主，只是罐壁做得较僵直，不如兴隆洼文化时期略有弧度的好看。据王泽老师介绍，兴隆洼文化时期的筒形罐就有坐在灶坑上的，罐底也有烧过的痕迹，但没做分析之前不好说是仅用于烧水还是也煮过粥、煮过肉，我想这三者之间并不矛盾。

而且，筒形罐说不定也可以用来烀小米饭！在兴隆沟观摩宗家婶子做小米饭的时候我突发奇想，只是火候不大好控制。烀，敖汉方言读一声，就是焖的意思。小米要提前用水泡，再放到灶台上的大铁锅里盖上盖儿焖，现在敖汉农村用铁锅烀小米饭常常喜欢时间久一点儿，让锅底结一层嘎巴儿，饭盛出来后再用铲子把嘎巴儿铲起来，贴着锅底的一面色泽焦黄，入口焦香，另一面还多少带着潮气又有嚼劲儿，因此，当地烀饭以后常常留下嘎巴儿给老人、小孩当零食吃。这就是大名鼎鼎的小米锅巴！与市面常见的油炸锅巴完全不一样，铁锅烀出来的小米锅巴不但不腻，还越嚼越香、百吃不厌，连我们这些舌头被麻辣、五香味道刺激得日益迟钝的美食爱好者，都被这纯净的米香彻底征服了。不由得想起以前在庙会上现做的锅巴，复古的牛皮纸袋上用醒目的红字印上历史故事装点门面，说他们家的芝麻锅巴是乾隆下江南时偶然收获的美味，一尝之后赞不绝口。次日侍卫奉命来买，开口就说：“掌柜的，你的大福来了！”店家一头雾水。且不论这个故事真假，敖汉人可从来没拿乾隆来过敖汉往自家小米上贴金，当然也未必有人敢给皇帝献一盘糊嘎巴儿吃。

锅巴毕竟只有锅底那么一层，满锅的小米饭呢？那可是正餐。“跟大米饭一样就着菜吃也中，但是咱们敖汉当地最具特色的吃法还要数‘打菜包’！”宗家婶子说。而我觉得打菜包最好的时节莫过初夏，院门口一茬茬青菜正脆嫩，摘上三五个青椒、一棵白菜、一把香菜、一把大葱，舀一瓢冰凉的井水洗净，带着水珠的青菜真如珍珠翡翠一般，闻起来也是清香沁人。吃的时候，将白菜叶子铺开，抹上宗家婶子自己酿的还带着豆瓣颗粒的黄酱，铺上一层金黄的小米饭，放上三五根香菜、

打菜包组图（朱佳摄）

菜包内的小米炒饭（朱佳摄）

大葱这么一卷，大口咬来，入口是菜的清香，咀嚼则有酱香、米香，混着香菜、大葱，层次感那叫一个丰富。我师弟最爱就着她家的小毛葱头吃，甜辣蹿鼻子上脑门儿，他是鼻炎病患，吃上一头感觉鼻子一下子就通气了，不由得感叹“怎一个舒爽了得”！

若觉得没个油水嘴里淡，就未免太低估了新鲜的力量。吃腻了大鱼大肉觉得吃都没吸引力了，我推荐您来敖汉找一户小院人家，让现采现摘的天然食品唤醒一下麻木的味蕾，才知道什么叫作食材的原味，学习下这么简单的原料怎么才能吃出层次丰富的口感。当然培育也很重要，在北京常听大妈们抱怨如今的西红柿没有籽儿，像个实心硬疙瘩，汁水也少。敖汉的西红柿却足以让人忘记肉味。在高家窝铺蹭饭的时候，魏大爷照顾我们，特意炒了儿媳送来的四川腊肉，我们却盯着他家的西红柿炒鸡蛋玩儿命吃。饭馆里点一罐儿坛焖柿子牛肉，也只管吃柿子喝汤，仿佛牛肉才是下品。

当然实在素得难受也没关系，我也见过有人将小米饭用干肉和油炸过的豆角粒一块儿炒了，再用菜包起来吃的。小米吸了油变得润滑可口，配合酱香、菜香，想来更合当代人的口味。

二、冬“始”荞麦

冬日里敖汉人的一天往往从一碗热乎乎的荞麦面开始。

算来荞麦的栽培少说也有2000多年了，陕西咸阳杨家湾的四号汉墓中还出土了实物[1]，但在敖汉的小米和黍子面前却还远远不够看。再加上大黄黍做成的年糕寓意吉祥，所以不但过年蒸年糕、上梁摆年糕，连娶媳妇也要踩年糕才行，真可谓占尽了天时。但荞麦面却更能满足人们的胃！在敖汉的日子里，从一个采访点到另一个时常要坐两个多小时的车，我们只得起得比宾馆的厨师还早，再抓两个凉面包填饱肚皮。孙师傅见我们可怜，感叹说：“哎呀，早知道就早出来会儿带你们吃碗荞面条儿了。”我们连忙表示已经习惯凑合了，又问孙师傅吃了没。“吃了，我在家就吃了一大碗荞面条儿，早起拨的，大冬天连汤带水那可忒舒服了。”

孙师傅说的“荞面条儿”，就是敖汉著名的赤峰市级非物质文化遗产项目“敖汉拨面”。敖汉人脾气急，说话也一样，说快了就容易吞字，“麦”字就省略了。说高家窝铺、朱家窝铺也常常吞了“家”字，只叫“高窝铺”“朱窝铺”。这可令我这个名字与朱家窝铺“同音”的人士很不自在。而此刻一边咬着干巴巴的面包，一边说起热腾腾的荞麦面，就觉得胃里热流涌动，好像它有脑子还记得那温度、那美味一样。

巧了，第一次在高家窝铺魏大爷家吃荞麦面也是冬天，还下着大雪。倒不是说敖汉人只在冬天吃荞麦面，而是冬天和荞麦面更配。一是天寒地冻，吃点儿连汤带水的暖胃；二是这时候的荞麦是新下来的。荞

魏家婶子拨面（朱佳摄）

煮面（朱佳摄）

麦没什么筋力，越陈做面条越爱断，就要掺和白面。但白面混得多了口感又发黏。因此魏家婶子说："知道这点，你一吃就知道是不是新荞麦！"我想敖汉人选择用拨的方式来制作荞麦面，也是充分考虑到它筋力低的特性了。

拨面，要用特殊的刀和案板。拨面刀的造型最为独特，看似和普通菜刀没什么两样，却两面都有柄；案板也没有固定的规格，凭个人用着顺手就得，兴隆沟宗队长家的是长条状，魏大爷家的就更像一块横着放的切菜板。但板子前端一般都在下面钉一根木条方便卡住锅沿儿，使用的时候斜立着后端顶在人身上，哈着腰拨。板子面积足够大，可以把团面都堆在板子末尾，从后往前擀成5毫米左右厚的薄片就斜刀拨，多余的面也不切断就堆在后面，边拨边擀。拨要用腕力，下刀更像斩或挤而不是切，也不是每一根都直接拨到锅里而是拨够一把再推到锅里，紧接着擀一擀面又拨一把。不消1分钟就能拨出三五人吃的量。

敖汉祈雨那天中午，参会人员都聚在宗队长家吃了拨面。婶子一大早就请了弟媳妇过来帮忙，一边忙活一边跟我们说：“这营子就她拨的好，也快。我拨的不中，太粗了。”

“越细越好吗？”我问。

“细，也均匀才中！”婶子回答说。按理说妇女之间比农活儿、比做饭不算新鲜，唯独拨面，男人们也爱凑热闹。婶子说这一片公认的第一名还要说是之前陪我们考察土窑的柴占义老师。后来我还真跟柴老师说起过这回事，柴老师“十分谨慎”地斟酌着说：“我拨面，在敖汉，那可以说是数一数二的。”虽没直言第一，脸上却带着不服来比一比的神情，显得特别可爱。时间的关系，我们终究没能见到柴老师大显身手，但依我看魏大爷家的婶子就可算得一把好手了，她拨出的面简直如同机器轧的一般均匀规整。

“煮面就这么用筷子在锅里转开，但是不能盖盖儿，不然就发黏不好吃了。”我按动快门对着锅里一阵连拍，从取景器里看着锅内云雾缭绕，不一会儿就泛起了白沫。脑内忽然闪出了诗僧皎然那首《饮茶歌诮崔石使君》里“素瓷雪色缥沫香”一句，套用来形容锅中的荞麦面也分外相宜。古往今来风雅之士心中的吃与喝都不是简单地满足口腹之欲，还自有一番情怀在，故而吃茶是雅趣，烹茶也是雅趣。到我们这里，吃面是乐趣，看拨面也有一番兴致。蓦然想起之前和吴谡馆长聊天时，正巧一位记者打来电话说要寻找敖汉最好的拨面馆进行拍摄，殊不知，离开柴锅、火灶和农家婶子的拨面哪里还有半点儿风味！

没能体会出乡村生活俗中见雅之乐的人，自然更无缘见到农家花式沏卤子的妙趣。拨面的浇头各式各样，餐馆里的代表往往是加了点肉末的酸菜卤，酸菜不酸，肉也没味儿，还不如茄丁卤好吃些。然而我更爱婶子们沏的韭菜鸡蛋卤或是一水儿小葱加点儿酱油的卤子。沏卤子更像北京这边说的“汆儿”，做法是将鸡蛋炒好后放上韭菜末用开水一沏，嫩香就飘出来了，也不怕烫烂了有臭韭菜味儿。浇在面上一吃，先是韭菜的蹿，后是荞麦面细嚼出来的甘甜味儿，滋味特别足。敖汉的冬天，冷得人四肢僵硬、手脚冰凉，吃上这么一碗顿时活力满满。

然而回想起来，总觉得还缺点儿什么。所谓酒逢知己千杯少，那"面"对知音就得可劲儿捞了！吃面不能太斯文，非要一桌子人瘫在热炕上，天南地北聊高兴了，喝尽兴了，末了端上这么一碗拨面垫底，"呼噜呼噜"地一吃才够味道。2015年10月底敖汉的积雪还没化干净，我们在蒋大爷的亲家家里拍摄影戏。高天悬冷月，夜黑凉风紧。我们完工后便以迅雷不及掩耳之势蹿上火炕，将腿烤了，手搓了，一碗热腾腾的荞麦面浇好了韭菜鸡蛋卤子就端上来了。嘴里嚼着面，耳里听着老艺人们相互逗闷子讲的各种笑料，场面欢快至极也温暖至极！

回到北京后，我还会时常想起敖汉的大爷、婶子，想起敖汉的菜包和荞面条儿。食要有味，不在乎用什么香料熏着、刺激着，而在乎应时应季，贵在清新天然，所以真个没有腻的时候！

注释

[1] 杨家湾汉墓发掘小组著：《咸阳杨家湾汉墓发掘简报》，《文物》，1977（10），第14页。

后　记

2016年9月27日，自敖汉旗最后一次调研归来，我便埋首创作本书，直至次年1月，才刚刚完成初稿。而这篇后记，却是在2017年7月初，在我完成硕士论文之后才得以书写完成的。拖了这么久的时间，主要有以下四点令人头疼的原因：

第一，是本书的风格为田野手记体，要求以背包客的身份介绍敖汉旗的农业，涉及农耕记忆、农业经验，农业相关民俗等方面。虽然题材较为轻松，但内容却要扎实，叙事要深入浅出，这对于文化遗产类的科普读物的创作，既是一次创新尝试，也是一次不折不扣的挑战。为增加文本的可读性，除了挖掘知识，还要挖掘故事；在语言方面要尽量保留当地农民的语言特色和当时的采访情景，使读者身临其境，切实感受到敖汉人的真性情。因此，创作难度相当大。

第二，是敖汉历史悠久、地大物博，有太多神奇的、有趣的故事可以研究考据，但受篇幅和题材的限制，不能一一尽述，必须有所取舍；而从照顾读者感受、增加可读性的角度考虑，本书要尽力保持通俗易懂的文风，至于那些冗长的考据，只得留给我的硕士论文《敖汉旗旱作农业的历史传承与遗产保护研究》去解决了。

第三，农业遗产学是一门交叉学科，对于作者本身的要求非常之高，考古、历史、农业、环境、民俗与非物质文化遗产学都要懂一些。尤其是敖汉旗这样一个历史悠久而相关研究又较为匮乏的地方，看考古报告、查档案便成了家常便饭。故而提起交稿，我是有些心虚的，生怕自己功力不够，出现谬误，贻笑大方。但好在我又是虚心的，为了写好毛驴翻看家畜史，为了研究影响农业的自然因素就去翻看灾害史。但受学识和阅历的制约，仍难免存在不足与纰漏，若四方仁人君子能够提点一二，将不胜感激。

第四，主编苑利研究员将这套丛书的主书名定为"寻找桃花源"，就是希望每位作者都带着一双慧眼前往遗产地，在深入挖掘当地农民智慧的同时，也能发现当地的自然环境与农村生活之美。为将这份自然与质朴之美直观地传递给各位读者，作者们一方面要用心体会当地的田园生活，一方面则要随时按动快门记录下身边的美景、采访时的奇遇和触动心弦的场景作为插图。这是对作者的摄影技术和采访时机的双重考验。我还记得2016年9月底的老哈河畔景色壮丽，而天空却乌云密布，我们在崖壁上冻得瑟瑟缩缩，终于守得云开，撒着欢跑下河谷，云却又聚了回来。因此，为本书精选配图也耗费了不少时间和精力。

对于敖汉，我虽尽力为之，但仍恐不能回馈其深情之万一。这一路走来受到太多的帮助，难以言尽。在此，请允许我稍作感谢：

首先感谢我的导师顾军教授、苑利研究员以及我的师弟。2015 年 7 月，突然接到要去敖汉旗调查农业文化遗产的通知，初次接触农业文化遗产学，四顾茫然。全赖导师顾军教授及苑利研究员指导，亲自带领赴敖汉旗一期调查，吃住皆在农家，日常穿梭于村庄，打下深厚的群众基础。2015 年 10 月，是敖汉旗调研最为艰难的岁月，二次赴敖汉旗沟通不畅，既无所获又无头绪。查史料，敖汉历史资料匮乏也少前人研究，不知从何处去挖掘；做口述史调查，敖汉地广人稀，忧心到哪里去找人。幸亏有导师顾军教授亲自帮助总结要点，协调接洽敖汉相关领导，方可拨云见日，才能立即转换思路，开辟新的采访路线，按需调查，多方尝试，走进田间地头，深入百姓之家，只要抓住线索就敢下去碰运气，才终于发现了天益泉烧锅、金厂沟梁下高杖子村、二道湾子村史馆、高家窝铺农具展览馆等采访据点。回首5次敖汉调研走得如此艰难，范围如此空前，没有导师顾军教授和苑利研究员的指导、督促、鼓励是做不下去的。此外，不能忘却师弟们对我的帮助。敖汉地方偏远，交通不便，时常要吃住在农家，或早晨6点出发，夜半11点返回宾馆，没有张予正、石爽毅、赵祯几位师弟的陪同，安全便无法保证。尤其是5次调研4次陪同的师弟张予正，我二人一同爬过城子山，下过兴隆沟，蹚过老哈河水，踩过双井沙地，也曾被苍耳、荆棘扎满裤腿鞋袜，也曾被毛驴、野蜂追得发足狂奔。

其次，要感谢敖汉旗相关方面。

感谢敖汉旗农业局局长辛华先生以及农业文化遗产保护与开发局局长徐峰先生给予的鼓励和支持。与徐峰先生多次座谈受益匪浅，他不但鼓励我亲自去田间地头调查敖汉传统物种，探索敖汉农耕文化中蕴含的传统智慧，还在调研前期派遣张凤广、薛中原两位得力干将帮助联系村落负责人。

感谢敖汉文化局的于海永局长为本书提供珍贵的图片资料，感谢时任敖汉旗文化馆馆长的吴谡先生，多次仗义相助，协助联系各个非遗项目传承人，使我能够与呼图克沁的表演者金生先生、敖汉旗宝国吐皮影班班主蒋春先生等技艺精湛的非遗传承人有所接触。感谢敖汉旗政协委员石柏令先生及敖汉旗文史委员会对敖汉文史资料的前期搜集，保存了大量口述史资料，为后来者对敖汉旗社会文化等方面的研究提供了资料和线索。

感谢敖汉旗史前文化博物馆馆长田彦国先生及研究员王泽先生，百忙之中就敖汉旗史前文化为我们做了科普，打下了基础。

感谢敖汉旗宝国吐气象站索春生站长及工作人员，为我们讲述了敖汉旗气象工作的艰辛，介绍了敖汉旗气象的特性。

最后，当然还要感谢敖汉旗那些可爱的乡亲们。

感谢我们的司机孙师傅。与孙师傅偶遇是在前往三官营子的路上，当时我们对敖汉烧锅的调查陷入僵局，不得已我们只得打车前去天益泉的所在地三官营子碰运气，又恐回来时错过班车，便留了司机的电话。归来时，由于信号不好，孙师傅在村口等了我们30多分钟，此后便成为我们的专用司机。后来才知道，孙师傅在敖汉开了几十年的车，无论何种道路都能安全行驶。还记得在去热水汤参加小米大会的时候，每天凌晨5点多起床，天色尚且昏暗，由于修路，只能绕道老路，路面不平，尘土漫天，如入雾境，有时一次出行能见到三五次交通事故。全赖孙师傅，我们才能安全调查。

感谢被我们多次打扰的宗队长一家，宗家婶子的亲切热情与小宗哥的仗义，我至今铭记在心；感谢高家窝铺的魏大爷和魏家婶子，我们多次叨扰，仍然不吝赐教；感谢柴占义老师一家为我们提供素材。

还要感谢敖汉旗的老艺人们，萨力巴乡呼图克沁的表演者金生大爷，金厂沟梁秧歌队的会首陈风华大娘，敖汉旗宝国吐皮影班的蒋春蒋大爷、陈连昌陈大爷，等等，至今令我颇为惦念，时常联系。

令人高兴的是在当地文化部门的帮助下，2017年初蒋大爷终于收了村民韩老五为徒。从柴老师那里得到这个消息，令人心潮澎湃以至于在第五次敖汉行中我与蒋大爷一见面便开玩笑埋怨他收徒这样的大事也不知会我们一声。因为非物质文化遗产相对于农业遗产，生存状况更加不容乐观。以蒋家班为例，老艺人们的平均年龄在65岁以上，而蒋大爷的新徒弟韩老五今年也有40多岁了。那次会面中还有一个插曲就是谈及收徒，蒋大爷说："何家窝铺那儿还有'两个小年轻'也要跟我学皮影，才30多岁。"或许30多岁在蒋大爷眼里还是小毛孩儿，但是相对于他小时候从14岁开始学唱影犹且算是晚的，如今的非遗传承困难，收弟子简直到了"饥不择食"的地步。以蒙古语说唱为表演基础的呼图克沁传承情形就更不容乐观了，毕竟如今仅是会说蒙古语的年轻人都较少了。传承困难，当然还有很大一部分原因是生产、生活方式的变化引起的，例如现代娱乐形式多种多样必然会对皮影形成冲击；又如皮影艺人原本在农忙时候种谷，农闲时候唱影，而如今的年轻人农闲时间多数被外出打工占据；再如信仰的衰落导致祈雨等民俗活动衰落。本书强调挖掘传统农业生产、生活中蕴含的经验、智慧，多少也带着对这些民间财富进行抢救的意味。

时至今日我仍时常惦念着敖汉旗。4月，从朋友圈中得知敖汉旗山中的溪水刚刚化冻；6月得知敖汉旗今年的旱情尤为严峻，直至6月底部分地区才开始耕种而7月初又连续遭遇暴雨。从网络上看到我们走过的路流淌着混浊的泥水时，就挂念这样阴雨的天气，皮影班胡大爷的腿是否行动不便？孙师傅开车还安全吗？想起敖汉旗，就会想起一次考察途中路过贝子府，笔直的大路、空旷的田野令人的心里也觉得空空的，就忍不住鼻子发酸。因为我忽然想到了这样的日子总有一天会结束，我是否会就此与敖汉断了联系呢？若我日后忙于生计，疲于奔命，数十年不再与敖汉有所往来，待到满头银发，历尽沧桑，再次回到这里，将会是什么样子呢？敖汉是否仍如第二故乡般亲近和宁静？到那时或许该由我给敖汉的孩子们讲一讲当年的经历了。

朱　佳

2017年7月5日 于北京